Narrativa **Skira**

Paolo Sorrentino
Umberto Contarello

La grande bellezza

SKIRA

*L'editore ringrazia la Indigo Film,
in particolare Lara Lucchetta,
per la preziosa collaborazione*

Collana diretta da
Eileen Romano

Design
Marcello Francone

La grande bellezza

Nero e silenzio.
E poi una scritta.
Questa:

"Viaggiare è proprio utile, fa lavorare l'immaginazione. Tutto il resto è delusione e fatica. Il viaggio che ci è dato è interamente immaginario. Ecco la sua forza.

Va dalla vita alla morte. Uomini, bestie, città e cose, è tutto inventato. È un romanzo, nient'altro che una storia fittizia. Lo dice Littré, lui non si sbaglia mai.

E poi in ogni caso tutti possono fare altrettanto. Basta chiudere gli occhi.

È dall'altra parte della vita."

Louis-Ferdinand Céline
Viaggio al termine della notte

Scena 1. Gianicolo. Esterno. Meriggio.

Dal nero all'indietro. Quel buio era l'interno della canna del cannone del Gianicolo.

Appena siamo fuori: BUM. Fumo e una gran botta. All'unisono.

Gli uccelli si issano in volo di scatto contro il cielo di un azzurro irripetibile.

È mezzogiorno, e Roma adesso lo sa.

Regna un sole bellissimo, estivo.

Pochi spettatori applaudono allo sparo.

Svanito il rimbombo del cannone, ecco remota, diegetica, soave, una musica sacra.

Appare l'imponente statua di Garibaldi sulla sommità del Gianicolo. Alla base della scultura, un reduce fissa la scritta scolpita: "Roma o morte".

Tra i busti che costeggiano il viale, una donna sulla sessantina fuma all'ombra e legge il giornale.

Discreti, appollaiati sull'esterno della maestosa finestra della chiesa del Gianicolo, possiamo sbirciare all'interno. Un coro di adulti, in sobri abiti neri, sta perfettamente eseguendo la musica sacra.

È *I lie*, di David Lang.

E ci fa venire i brividi.

Ma restiamo qui per poco.

Ci allontaniamo, per poi scorgere il bel fontanone antistante la chiesa. Ora la musica sacra è di nuovo attutita, lontana ma presente e s'impasta con le parole di una guida turistica sulla quarantina. Donna, corpulenta, un ombrellino rosso chiuso tenuto in alto per non disperdere un gruppo di turisti giapponesi di mezz'età che ascoltano diligenti la sua pappardella a memoria sui monumenti. La guida, un microfono appeso al collo, racconta storia e bellezza del fontanone con un inglese fortemente condizionato da una spiccata cadenza romanesca.

Un giapponese sulla cinquantina si stacca dal gruppo. Richiamato da qualcosa di più interessante, si allontana. Attraversa la strada lentamente, si avvia verso la balaustra che dà sulla città.

Noi lo seguiamo. Dietro di lui, in fondo, un pullman turistico, l'autista all'esterno che fuma e parla al telefonino.

E, ora extradiegetica, la musica sacra riprende volume.

Il giapponese arriva al parapetto e noi con lui, rivelandoci come in un sogno vero, di sotto, in tutta la sua straripante bellezza: Roma.

Il sole la bagna. La musica sacra, al suo apice di commozione, accarezza la città più bella del mondo.

Il giapponese, di fronte a questo panorama straordinario, ha gli occhi illuminati dalla gioia della bellezza. Afferra la sua Canon ultratecnologica e prende a scattare come un forsennato. Ma poi si ferma, lascia cadere la Canon che gli pende come un diapason sulla pancia. Si porta una mano al petto. Suda e sbianca.

Sposta la mano sotto l'ascella. Gli occhi se ne vanno all'insù. Si chiama infarto. Cade a terra. Davanti a Roma. La musica sacra va avanti.

Rumore di passi, di tacchi bassi.

La prima ad arrivare al corpo senza vita del giapponese è la guida turistica. Seguono trafelati tutti gli altri giapponesi.

La musica sacra svanisce di colpo quando la guida si avvicina al giapponese steso a terra.

La guida turistica comunica, con la voce amplificata dal microfono, in tono cronachistico, all'indirizzo dell'autista del bus.

GUIDA TURISTICA: Ahò, qua m'è morto l'asiatico.

L'autista del bus, infastidito dall'irritante contrattempo, sbuffa e butta con stizza la sigaretta a terra. Ripone il telefonino. Controvoglia, si avvia verso il capannello di vivi attorno al morto.

L'ultima immagine è per Roma, lì dietro, ferma e assolata, monumentale e bellissima.

E insensibile.

Scena 2. Terrazza hotel. Esterno. Notte.

Dal sacro al profano in un baleno. La musica sacra lascia il posto a *Maracaibo*. Un insulso motivetto sudamericano. Sparato a tutto volume da un deejay di Milano di ventidue anni, con gli occhi troppo sbrilluccicanti per essere naturali.

Vicino a lui, balla con sapienza una ragazza con la pancia nuda. All'ottavo mese di gravidanza.

Cominciano i Titoli di testa

Una sequela impressionante, insistita, ossessiva e orrorifica di primi piani, di corpi, di dettagli sudati di un campionario umano vastissimo. Giovani o di mezz'età; ributtanti, trasparenti o affascinanti; *decolletés* spropositati e irreali, abbronzature violente, sessantenni travestiti da giovanotti, labbra rigonfie, uomini dai visi laccati, eleganti o volgari, stravaganti o mezzi nudi, tutti sudati, invitati e imbucati, ballano il *Maracaibo*.

In preda a una felicità che mette paura. Una vertigine.

Facce da ambasciatori, da spacciatori, casalinghe, intellettuali, funzionari ministeriali, vallette, nobili decaduti, borgatari, tripudi trasversali di tatuaggi, piercing nei luoghi più impensabili, pizzi francesi e minigonne da mercatino, rossetti osceni, jeans stracciati, donne in lungo e bermuda all'ultimo grido. Sandali, tacchi altissimi e piedi scalzi. Diamanti e bigiotteria. Orge di cocktail superalcolici e *flûtes* di champagne.

Lello Cava, napoletano, sulla cinquantina, basso e mingherlino, sofisticato, baffetti, pochi capelli, corolla di ricci sulla nuca come un De Michelis degli anni d'oro, l'ennesimo cocktail tra le dita, indossa come sempre un doppiopetto con bottoni d'oro e si rivolge sussurrante alla schiena nuda di una mascolina amazzone di un metro e novanta.

Le parole di Lello, insistite, monotòne, non conoscono l'ambiguità dell'allusione.

LELLO CAVA: T'chiavass'! – T'chiavass'! – T'chiavass'!

L'amazzone si volta esausta.

AMAZZONE: Ma te ne vuoi anna'?!

Il deejay cambia pezzo. Ora: *Tu vuo' fa' l'americano*, in versione remix, da discoteca. A Carosone non sarebbe dispiaciuta.

Il mondo festaiolo è come se obbedisse a un ordine non dato. Sulle note di questo brano, tutti si mettono a fare il trenino. Scorrono così volti immondi e sofisticati. Preadolescenti eccitati, qualche bambino, addirittura un paraplegico sulla sedia a rotelle, bancari, proprietari di ristoranti, gestori di concessionarie d'auto, nonne piene di vita.

E poi risate, risate, tante risate. Chissà perché.

I Titoli di testa procedono

Quattro musicanti, insensatamente vestiti da messicani, fendono la folla danzante con le loro trombe. Suonano un calypso ossessivo e martellante, che mal si mescola col Carosone remixato. Poi, svaniscono, inghiottiti dal sudore della folla.

Il deejay appronta l'inferno.

Un inferno che scaturisce la gioia: *Liebelei*, della Carrà, nella versione remixata da Bob Sinclar.

I trenini deragliano. Di nuovo tutti a ballare in ordine sparso. Urla di approvazione a questa canzone dalle taumaturgiche capacità di coinvolgimento.

Delle amiche, all'unisono, rovesciano la testa all'indietro come la grande Raffaella.

Non balla, ma vorrebbe ballare, anche un giovanotto malvestito, dall'aria annoiata, di chi non ci voleva venire a questa festa, circondato da una scorta di poliziotti in borghese. Sorseggia altezzoso un "Bellini", il cocktail di chi non beve.

In un angolo, su un micropalco, una ballerina fa un numero di burlesque. Ma nessuno se ne importa. È una cosa di qualche anno fa, passata di moda ormai.

Primissimi indizi di disfacimento: un sessantenne scivola, ubriaco. C'è chi lo aiuta a rialzarsi.

Qualcuna rinuncia a scarpe dai tacchi alti e dolorosi.

Fanno capolino, sprovvisti d'erotismo, i primi piedi nudi. Come nature morte, le scarpe vengono abbandonate insieme a bottiglie vuote e *flûtes* dimenticate.

Un gruppetto esaltato lancia in aria una bambina con gli occhiali. Lei ride.

Ci avviciniamo. Guardiamo meglio. Non è una bambina. È una nana sulla sessantina. Si chiama Elide Lettieri, alias Dadina. La ritroveremo.

Al bar, situato sotto una torre di ghiaccio infilzata da spiedini di gamberoni decorativi, un uomo timido e impacciato, che assomiglia a Carlo Verdone, cerca di partecipare a una conversazione molto fitta e complice tra una ragazza esangue sui trentacinque e un coetaneo bello come un attore di una fiction di successo.

L'uomo che assomiglia a Verdone si chiama Romano. Lo ritroveremo.

ATTORE FICTION: Dovrei fare due fiction. In una sarò il papa, nell'altra un tossicodipendente che si redime.

RAGAZZA ESANGUE: Bei progetti. Teatro niente?

ATTORE FICTION: Ma lasciamo perdere! Potrei fare giusto uno Shakespeare con Pietro, ma solo se è una cosa ambiziosa. Deve durare almeno tre ore. E niente città minori.

ROMANO *(gioioso, prova a inserirsi)*: Io sto provando a scrivere una cosetta teatrale.

I due giovani lo ignorano.

ATTORE FICTION: E tu?

RAGAZZA ESANGUE *(dandosi molte arie)*: Non lo so, forse dico basta con la recitazione, tanto in questo paese di merda non si scrivono mai bei personaggi femminili e mi dedico al mio primo romanzo. Una cosa proustiana.

La ragazza esangue e l'attore di fiction, come se Romano non esistesse, si allontanano affiatati continuando a parlare. Romano ci resta così male, ma dissimula subito. Sorride a non si sa chi. Ha mille risorse, quest'uomo, per riprendersi dalle infinite, continue delusioni.

Lello Cava si è posizionato in acque più tranquille. Ora fa ballare la moglie, ampia come un rimorchiatore. La incita a ballare di più, chiamandola con affettuoso nomignolo.

LELLO CAVA: Trumeau, dacci dentro.

E Trumeau ride e balla più dinamica. Si agita con imprevedibile sinuosità, come un serpente di cento chili, facendo ridere chi le sta attorno. Lello Cava, ilare, dice alla piccola folla circostante:

LELLO CAVA: Avete visto come balla bene mia moglie? D'altronde quella è francese.

Trumeau, con accento inconfondibile di ben altri luoghi, dice divertita:

TRUMEAU: Ma qua' francese! So' di Grumo Nevano.

E a mo' di suggello, esegue in modo impeccabile *'a mossa.*

Nella piccola folla, ridono divertite anche altre due donne che incontreremo spesso. Una è proprio un esemplare della migliore borghesia romana. Sui cinquantacinque, elegante al punto giusto, bella donna dalla sensualità monacale, immune da ritocchi chirurgici. Si chiama Viola.

È in compagnia di un'amica, Stefania, coetanea, ma che veste in jeans e senza trucco, dall'aria normale, ma che sottende una sottile perfidia da intellettuale incompresa.

Passano di nuovo i musicanti messicani e il loro ossessivo calypso sempre uguale. I musicanti accompagnano due camerieri che trasportano una torta monumentale con due candeline a numero. Il 65.

Intorno ai musicanti anche quattro paparazzi.

Da dietro la torta, come una sorpresa pasquale, sbucano due ragazzi vestiti da ballerini di varietà. Ad arte, una luce bianca li incornicia. Loro sorridono e volteggiano sincroni in un rodato numero di danza. La gente si volta a guardarli.

I due ballerini, allora, estraggono dal nulla una donna prossima alla sessantina. Maestosa, ex bona, in un cortissimo vestitino di scena, da ballerina, come se si trovasse in un varietà tv. I due ballerini la sollevano in aria. La donna si staglia nel buio contro un cupolone e prende a ballare sollevata dai due giovanotti che ora sudano e affannano per la fatica immane. Tutti la guardano. Lei balla, sorride, si agita, lancia urletti, ma non ha più l'età giusta per questo numero e ci ispira una tenue compassione.

Anche Stefania e Viola la guardano.

VIOLA: Ma chi è quella pazza?

STEFANIA: Non la riconosci? È Lorena.

VIOLA: E chi è?

STEFANIA: Un'ex soubrette televisiva. Ora in pieno disfacimento psico-fisico.

VIOLA: Mai vista. Ma io non faccio testo, non ho mai avuto la televisione.

STEFANIA: Lo so, Viola, che non hai la televisione. Da quando ti conosco, me l'avrai detto almeno una volta al giorno.

VIOLA *(ingenua)*: E ora che fa?

STEFANIA: Che deve fa'! Non fa niente. Ci sono altre soubrette, ora.

Il pezzo della Carrà tocca i suoi vertici di ballabilità. Il giovanotto circondato dalla scorta non resiste al ritmo. Accenna un impercettibile movimento danzante. La scorta, all'unisono, fa lo stesso. Poi il giovanotto dice a uno della scorta:

GIOVANOTTO: Tra pochissimo ce ne andiamo. In macchina giochiamo ai cinque motivi per cui vale la pena andarsene prima degli altri dalle feste.

I ballerini depositano sul suolo Lorena. Questa, sovreccitata e sudata, tracanna al volo un superalcolico e urla:

LORENA: Auguri, Jep. Auguri tesoro. Auguri Roma.

E applaude ballando, con l'esagitazione dei grandi disperati. Un gruppetto di donne la imita. Rivolgono l'applauso all'uomo più importante della festa: il festeggiato. Questi, sta ballando felice, sotto gli occhi ammirati di donne di diverse età. È elegante in modo spigliato. Veste il miglior lino, ma lo porta come se non gli desse importanza.

Si volta danzando e lo vediamo in viso. È sudato e oggi compie sessantacinque anni, ma li porta benissimo.

È un uomo di assoluta, esclusiva, inaudita bellezza. Possiede occhi di un blu cobalto che neanche Paul Newman. Un bel corpo ancora tonico rispetto all'età. Mani da suonatore d'organo. I capelli grigi gettati con *nonchalance* all'indietro come un Helmut Berger all'apice. È il protagonista di questo film. Si chiama Geppino, ma nessuno lo chiama Geppino. Solo Jep.

Le donne nei pressi sono vistosamente perdute per lui. Lorena gli appioppa un bacio sulle labbra che lui subisce. Secondo diversi gradi di discrezione, tutte le donne intorno cercano di catturare il suo interesse.

Lui non se ne preoccupa. Sorride amichevole a tutte, rivelando denti perfetti, insensibili al passare dei decenni e continua a ballare con quella disinvolta padronanza del gesto e dei movimenti che è rintracciabile solo nei grandissimi ballerini.

La torta arriva dinanzi a Jep. Questi soffia sulle candeline. Applausi e baci delle amiche che hanno fatto capannello attorno a lui.

Il deejay cambia ancora pezzo. Il nostro protagonista lo riconosce prima di tutti e urla come un indemoniato:

JEP: *La Colita.*

Giusto. Il pezzo sudamericano in questione si chiama *La Colita,* ed è in grado di suscitare lievi scene d'isteria collettiva.

Trambusto organizzativo frenetico ed ecco che la folla si dispone in due fazioni pronte a fronteggiarsi. Una composta di soli uomini, l'altra di sole donne. Come due eserciti in vista dello scontro campale.

Ma è una battaglia a colpi di passi di ballo sincronizzati che tutti conoscono. Ci si fronteggia a turno, uomini e donne, in una danza che non risparmia smaccate, volgari allusioni sessuali. Tutti all'unisono. In una irripetibile atmosfera di contentezza talmente esibita da far affiorare, da qualche parte, in noi, sintomi di un'indecifrabile inquietudine. Insomma, un malessere oscuro.

Durante lo svolgimento de *La Colita,* la mdp si avvicina a Jep, lo isola, rallentando fino a 150 fotogrammi al secondo.

La musica, dunque, rallenta, si fa profonda, arcana, sinistra. Il rumore della folla si sgretola in un sottofondo indistinto, finalmente tollerabile.

Sul viso bellissimo del nostro sessantenne parte la sua voce fuori campo che, negli anni, non ha mai abbandonato un elegante accento napoletano.

V.F.C. JEP: A questa domanda, da ragazzi, i miei amici davano sempre la stessa risposta: "La fessa". Io, invece, rispondevo: "L'odore delle case dei vecchi".

La domanda era: "Che cosa ti piace di più veramente nella vita?"

Ero destinato alla sensibilità.

Ero destinato a diventare uno scrittore.

Ero destinato a diventare Jep Gambardella.

Siamo finiti proprio sul primo piano di Jep Gambardella. Che ci guarda a filo di obiettivo. Con quei suoi occhi blu da extraterrestre, lucidi e perduti, ingolfati in una coltre sterminata di gin tonic.

Poi, finalmente, per la prima volta, il totale della festa. L'ultimo piano dell'hotel che si affaccia sul centro di Roma. Spicchi di cupoloni illuminati affiorano nel buio come oasi nel deserto.

Tutti ballano al *ralenti*, invasati, *La Colita,* ma la musica sudamericana è come se non ci fosse più. Sta venendo su, lì dove l'avevamo lasciata, la musica sacra.

E su questa immagine della folla vista dall'alto, appare l'ultimo titolo di testa del film. È il titolo:

LA GRANDE BELLEZZA

Scena 3. Trinità dei Monti. Hotel. Esterno. Notte.

Scivola qui la musica sacra. È tardissimo. La notte deserta, violentata dall'apparizione dei forzati della festa che lasciano per ultimi.

Sagome in *silhouette* barcollanti, opache come barche nella tempesta, si lanciano gli ultimi, stanchi e scomposti saluti. Guadagnano i taxi o le auto parcheggiate.

I quattro musicanti del calypso invece, per fare gli originaloni, montano con le loro trombe su un risciò. È il loro mezzo di trasporto. Scioccamente allegri e alticci, prendono a pedalare come forsennati.

Un ragazzo disinvolto e un laido, tracagnotto cinquantenne, infilano l'ex soubrette Lorena in un'auto lussuosa. Lei è completamente ubriaca, immersa nel suo ridicolo mini abito di scena. I due fingono di essere ubriachi. Si siedono con lei sul sedile posteriore. Ai lati. Non hanno intenzioni da galantuomini. Le si buttano addosso con una foga ripugnante.

Un uomo in giacca e cravatta slacciata si guarda intorno, poi, al riparo da occhi indiscreti, si fa furtivo un ultimo tiro di cocaina, utilizzando come base lo specchietto di uno scooter parcheggiato. Infine, si allontana come un ladro. Sempre come un ladro, torna indietro di corsa. Aveva dimenticato il sacchetto con la droga sullo specchietto.

Una donna corpulenta chiede a quei due balordi se cortesemente le danno un passaggio, ma quelli, avvinghiati su Lorena, si limitano a una risposta icastica: cacciandolo fuori dal finestrino, le mostrano il dito medio. Poi ridono, come dei deficienti.

Lorena oppone una frastornata, debole resistenza. Gli occhi appannati. Tra i fumi dell'alcol, però, scorge al di là del finestrino e inchioda con lo sguardo una fontanella antica con un volto di pietra, autorevole, che vomita acqua dalla bocca. A questa vista, Lorena rinsavisce e intima severa ai due:

LORENA: Ora, basta.

Lì, in fondo alla strada, tra canti goliardici, i quattro

musicanti sul risciò azzardano una curva a una velocità insostenibile. Il risciò non ce la può fare. Si lancia, incautamente, nel vuoto sottostante, ovvero la scalinata di Trinità dei Monti. Quando atterra dopo parecchi metri, il risciò si rovescia con un volo spettacolare lungo la scala deserta, rimbalza sui gradini, va in mille pezzi, mentre i quattro musicanti sono schizzati fuori, in caduta libera, con le loro trombe. Visti da lontano, rotolano sulle scale, come se precipitassero in un abisso.

Pian piano, affiora un silenzio. In lontananza, dal privilegiato punto di vista della sommità di Trinità dei Monti, gabbiani instancabili, nel controluce della luna piena, punteggiano i tetti delle case dei ricchi, mentre imperversa la pura bellezza della musica sacra.

È estate, a Roma.

Scena 4. Auto. Interno. Notte.

Romano alla guida di una vecchia Ritmo cabriolet. Al suo fianco, stanca ma nervosa, che fuma, la ragazza esangue. Romano la sbircia con lo sguardo, timoroso e amorevole. Lei lo sa, ma lo ignora.

ROMANO: Non mi hai calcolato proprio stasera.

RAGAZZA ESANGUE: Romano, non attaccare con la solita lagna. Non siamo mica fidanzati.

ROMANO: Ti piaceva quello?

RAGAZZA ESANGUE *(distratta, senza impegno)*: A me piacciono tutti e nessuno.

ROMANO: Purtroppo io te càpito davanti sempre quando è il turno di nessuno.

Romano ferma davanti a un portone. Improvvisamente, lei si fa gentile, infantile.

RAGAZZA ESANGUE: Domani mi accompagni all'aeroporto?

ROMANO: A che ora?

RAGAZZA ESANGUE: Fra tre ore.

ROMANO: Cazzo! Allora forse è meglio se mi butto sul divano da te.

La ragazza gli dà un bacio sulla guancia.

RAGAZZA ESANGUE: Dài, vai a casa. Devo preparare ancora la valigia e non voglio nessuno per casa quando faccio la valigia. Ti aspetto alle otto.

Romano vorrebbe replicare, ma lei è già svanita come una biscia nel portone. La guarda sognante mentre lei si allontana. Non ci vuole molto a capire che ne è innamorato. Naturalmente, non corrisposto.

Lei scompare nell'ascensore. Lui reclina il sedile e

si addormenta guardando il cielo stellato sopra di lui. Uno dei pochi privilegi dell'avere un'auto cabrio.

Scena 5. Strade. Esterno. Alba.

Piegato con le gambe a squadra, a una fontanella, Jep si sciacqua la faccia come se qualcuno lo stesse guardando e lui volesse dire "così ci si sciacqua la faccia".

Si alza e si passa le mani tra i capelli.

S'incammina, perché Jep Gambardella, dalle serate mondane, torna sempre a piedi a casa.

Si accende una sigaretta. Fuma e respira profondamente. Assapora Roma. Se non sta fumando, passeggia con le dita intrecciate dietro la schiena, come don Abbondio.

Ora sta percorrendo un quartiere bene della città. Bei palazzi antichi dalle facciate sinistre, addolcite dalle primissime luci dell'alba.

I lampioni della città si spengono all'unisono.

Il suo sguardo è catturato dalle uniche presenze a quest'ora: servitù asiatica che porta a passeggio i cani.

Jep guarda bene e noi con lui. Sono donne o uomini dagli occhi spenti e tristi. Occhi ammutoliti dalla perenne nostalgia di casa.

La musica sacra si staglia con precisione di sentimenti sugli occhi di queste sagome minute e indifese.

Jep spunta su una piazza deserta, senza uomini e

senz'auto. La sua attenzione è catturata da un francescano scalzo che attraversa di corsa la piccola piazza rifugiandosi dietro il cancello di un convento. Più in là, furtiva, una donna s'infila in una piccola auto elettrica monoposto. Sfila via, frettolosa, in quello strano mezzo, senza produrre alcun rumore.

Un lieve sorriso si appiccica sul viso di Jep.

Scena 6. Casa Viola. Interno. Alba.

Viola, la donna della buona borghesia romana, approda nella sua ricca, bella casa. Accende un abat-jour all'ingresso e subito compie un balzo per lo spavento. Di fronte a lei, in fondo all'imponente corridoio punteggiato da busti antichi, c'è un aitante ragazzo di vent'anni. È completamente nudo e ha dipinto ogni centimetro del suo corpo di un rosso acceso. Il ragazzo si apre in uno strano sorriso e dice:

RAGAZZO: Mamma, quando ti vedo arrossisco.

La povera Viola scuote la testa. Impotente. Con un filo di voce si limita a dire:

VIOLA: Andrea, tu sei pazzo.

ANDREA: No, mamma, non sono pazzo. Ho dei problemi.

Andrea, mesto, si dilegua. Viola, impassibile, sposta lo sguardo e scorge un centrino leggermente asimmetrico. Lo mette a posto.

Scena 7. Palazzo Jep. Ascensore. Interno. Alba.

L'ascensore del palazzo di Jep è più bello del palazzo stesso. È un luogo meraviglioso, questo ascensore. Antico, largo, curato, vetri molati, rifiniture originali art déco, uno specchio scurente, un comodo sediolino in pelle che si apre all'occorrenza.

Jep entra nell'ascensore e vi trova, seduto sul sediolino di cui si diceva, un uomo dall'aria autorevole. Sui cinquanta, gelidi occhi neri, azzimato, pizzetto alla Balbo, un bel blazer, impeccabile, in piena forma, nonostante l'ora. Anche lui si sta ritirando.

Jep entra in ascensore e gli rivolge un timido sorriso di buona educazione.

L'uomo non risponde, per ragioni misteriose.

Jep preme il tasto del piano e l'ascensore parte.

L'uomo seduto fissa il vuoto.

Jep sbircia l'uomo. Ne è incuriosito. Soprattutto pone l'attenzione ai dettagli del vestiario: perfetti, sobri e impeccabili. I gemelli, i bottoni del doppiopetto, l'orologio, la fattura del vestito. Tutto di primissimo ordine. Tanto che Jep si spinge a un tentativo di complicità che si rivelerà inopportuno.

JEP: Catellani? Naturalmente il migliore.

L'uomo solleva solo un occhio su Jep e non risponde. Questi pensa che non abbia capito.

Ci riprova:

JEP: No, mi chiedevo, il vestito se l'è fatto fare da Catellani, il sarto?

L'uomo non risponde. Immune da qualsivoglia espressione. L'ascensore arriva al piano. L'uomo si alza in piedi, rivelando un'altezza prossima ai due metri. Che aggrava la soggezione di Jep, abitato da una statura standard sul metro e ottanta.

Escono dall'ascensore. Vivono sullo stesso pianerottolo. Jep infila le chiavi nella sua porta, ma si muove lento per continuare a sbirciare l'uomo.

Questo gigante di due metri possiede a lato della porta un allarme sofisticatissimo con tastiera. Compie un codice lunghissimo, poi la porta si apre elettronicamente, come un *caveau*.

Jep, in preda a una curiosità morbosa, allunga il collo per lanciare un'occhiata all'interno della casa, ma non riesce a vedere nulla. L'uomo occlude con i suoi due metri qualsiasi visuale, è stato rapidissimo a entrare e ha fatto attenzione a infilare il corpo magro in uno spazio risicatissimo tra porta e stipite. Deliberatamente, per non far vedere nulla a Jep. Si è dileguato assai furtivo, naturalmente senza salutare.

Scena 8. Casa Jep. Interno. Giorno.

Le prime luci del mattino caldo inondano una bella stanza da letto in prevalenza bianca.

Jep Gambardella si spoglia al termine della lunga notte. Rivela una consistente cintura del dottor Gibaud e un complicato reticolo di oblunghi cerotti ortopedici disposti ad arte lungo la schiena.

Esce dalla stanza.

Taglio

In bagno. La quantità di creme e prodotti di bellezza per la manutenzione del corpo maschile, disseminati intorno allo specchio, impressionerebbe chiunque.

Jep si sta facendo una maschera facciale di colore azzurro, con una sapienza del gesto che tradisce lunghissime frequentazioni con la cosa.

Taglio

Vestito solo di mutande e cerotti ortopedici, Jep siede nella sua bella cucina ferma e silenziosa. Fissa, senza motivo, uno spremiagrumi elettrico.

Di colpo, appare dal nulla la sua storica colf filippina. Sui cinquanta, faccia sveglia, si chiama Ahè. Porge a Jep una tunica variopinta che funge da pigiama.

Dopo tanti anni, il suo italiano conserva certe stentatezze. L'uso del "tu" o del "lei", per esempio, appartiene a regole inestricabili per noi.

AHÈ: Dottore bevuto?

JEP *(con ironia)*: Il giusto per dimenticare il mio compleanno.

AHÈ: Vuoi tisana?

JEP: Urge, chérie.

AHÈ: Io ti ho fatto regalo.

JEP: Ahè, che cara!

Ahè porge a Jep, senza confezione regalo, ma nudo e crudo, un ciondolo elicoidale di vetro che sembra una bomboniera degli anni Settanta.

AHÈ: Questo è portafortuna del mio paese.

Jep lo prende, lo guarda, mal dissimulando una certa quota di disgusto.

JEP: Chérie, meno male che porta fortuna, perché l'oggetto in sé è di una bruttezza indiscutibile.

AHÈ: Tieni sul comodino sempre con te e non ti lamentare.

Jep ride. Si alza in piedi.

JEP: Farollo. Comunque grazie.

Fa per uscire dalla stanza. Ahè gli porge la tisana calda. Jep prende la tisana e, mentre guadagna il corridoio:

JEP: Svegliami alle quindici, farabutta.

Dalla cucina, Ahè prorompe in una risata clamorosa e inaspettata.

AHÈ: Mi fa troppo ridere quando mi chiama farabutta.
JEP: Lo so. Per questo ti chiamo così.

Taglio

Gli scuri della camera da letto socchiusi, attraverso i quali filtra la luce nitida del giorno. Di sotto, i rumori della città che vive a pieno ritmo, mentre Jep è in procinto di andare a dormire. Se ne sta supino a fissare il soffitto. Chiude gli occhi. Li riapre. Proietta un suo pensiero sul soffitto per prendere sonno: un mare calmo, limpido, blu come i suoi occhi, che ondeggia con infinita dolcezza, si materializza rovesciato sul soffitto.

Ora, Jep può prendere sonno. Lo fa.

Dissolvenza

Mentre prende corpo la musica sacra di John Tavener.

Scena 9. Casa Jep. Terrazza. Esterno. Tramonto.

La musica arriva qui.

Se è vero che tutti i tramonti sono belli, allora si deve anche dire che quelli romani possono essere più spettacolari di altri.

La bella terrazza di casa Gambardella affaccia dritta dritta sul Vaticano e ora il sole sembra proprio andare a depositarsi dietro la basilica, in un altro Stato.

Jep, un completo estivo di lino da applausi, un gin tonic in una mano e una sigaretta nell'altra, arrossato dalla luce strabiliante del sole caldo, se ne sta sdraiato sull'amaca, ondeggiando mollemente. Risatine innocenti provenienti dal basso ridestano Gambardella dal suo torpore.

Va alla balaustra del terrazzo. Guarda di sotto.

In un cortile che pare un sogno, tutto dolci siepi e morbida ghiaia, una suorina gioca a farsi inseguire da tre bimbetti dell'orfanotrofio. Chi ha formulato la parola candore, deve aver visto una cosa del genere.

Jep segue con lo sguardo e sciabolate di tenerezza, quasi smodate, lo stanno come affondando.

Poi beve ancora un po' di gin tonic, per non pensarci.

Scena 10. Prato. Antico acquedotto romano. Esterno. Tramonto.

Morbidamente adagiato su plaid costosi, come in una piccola Woodstock radical chic, il pubblico, dall'aria ostinatamente colta, siede e guarda.

Tra questi, anche Jep Gambardella. Guarda, senza espressione, in direzione di un palco povero. Sormontato dalle antiche mura dell'acquedotto. C'è un fondale nero. Un muro di cemento grezzo di lato. In scena, una donna nuda e immobile. Ha cicatrici lungo tutto il corpo e il pube tinto che raffigura la bandiera dell'URSS. Due bambine vestite da angeli bianchi adagiano dolcemente una lunga seta bianca attorno al viso della donna. Le fasciano completamente la testa. Le bambine escono di scena. Ora la donna è sempre nuda, ma con la testa e il viso completamente fasciati.

Non è Pirandello, piuttosto siamo nello sdrucciolevole mondo delle performances estreme.

Infatti, la giovane si volta di 90° e, senza guardare, perché non può guardare, prende una rincorsa da atleta e si scaraventa contro il muro di cemento dando una craniata inaudita nel muro che fa sobbalzare di stupore tutto il pubblico presente.

Eccetto uno spettatore, Jep Gambardella. Che è rimasto impassibile e inespressivo come lo era all'inizio, mentre i suoi vicini si sono coperti il viso e hanno assunto espressioni sgomente.

Intanto, la performer è finita a terra, sormontata da un rantolo patetico. Frastornata, si alza in piedi con melodrammatiche movenze, rivolta verso il pubblico è di nuovo immobile come un soldato.

Ma pian piano, attraverso il velo di seta bianco affiora un grumo di liquido rosso che va allargandosi. È sangue. Il pubblico comincia a mormorare. In preda all'indecisione.

Jep Gambardella non si è lasciato impressionare neanche per un secondo.

Scena 11. Tenda beduina. Interno. Notte.

Una tenda beduina usata come camerino.

Avvolta in un piumino danese, seduta come un'imbalsamata febbricitante al centro di un divanetto, la fronte contornata da una fascia da sci con la scritta Rossignol, Talia Concept, questo il nome della performer, la sigaretta perennemente in mano, è pronta a rispondere alle domande di Jep Gambardella.

Questi è di fronte a lei, su uno scomodo sgabellino, penna e taccuino in mano, scruta Talia, immerso in quella tipica espressione che dondola tra la commiserazione e un'infinita pazienza.

Talia Concept è una di quelle persone nelle quali la massiccia presenza di presunzione si accompagna all'assoluta assenza d'ironia. Un esempio molto comune, ahimè.

TALIA: Le è piaciuta la performance?

JEP: A tratti. Quella testata violenta mi ha fatto capire molte cose. Allora, cominciamo dall'inizio.

TALIA: E perché non dalla fine? Sa, Talia Concept è una gran provocatrice.

JEP: Non sprechi energie. Ci sono cose più importanti che provocare me. E comunque parlare di sé in terza persona sta diventando un'abitudine insostenibile. Cosa legge lei?

TALIA: Non ho bisogno di leggere. Vivo di vibrazioni. Spesso di natura extrasensoriale.

JEP: Abbandonando per un istante l'extrasensoriale, cosa intende per vibrazioni?

TALIA: Come si fa a spiegare con la volgarità della parola la poesia della vibrazione?

JEP: Non saprei. Ci provi.

TALIA: Io sono un'artista. Non ho bisogno di spiegare un cazzo.

JEP: Bene, allora scrivo: sostiene di vivere di vibrazioni, ma non sa cosa sono.

TALIA: Un momento, cazzo, io non ho detto che non so cosa sono.

JEP: Bene, allora cos'è la vibrazione?

TALIA: Comincia a non piacermi quest'intervista. Percepisco da parte sua una conflittualità.

JEP: La conflittualità come vibrazione?

TALIA: La conflittualità come rottura di coglioni. Perché non si calma e si sintonizza sulla mia frequenza poetica?

JEP: Ha ragione.

TALIA: Bravo.

JEP: Grazie.

TALIA: Parliamo dei maltrattamenti che ho subito dal fidanzato di mia madre.

JEP: No. Prima voglio sapere cos'è una vibrazione.

TALIA *(sbuffa incazzata e frustrata)*: È il mio radar per intercettare il mondo.

JEP: Vale a dire?

TALIA: Lei mi ha rotto i coglioni. È un provocatore.

JEP: La provocatrice non sopporta il provocatore. Si chiama fascismo.

TALIA: Io fascista? Vaffanculo.

Poi, sulla via di un esaurimento nervoso, tenta una via di distensione:

TALIA: Senta, siamo partiti male. Talia Concept ci tiene all'intervista col suo giornale. Ha tanti lettori. Ma lei è prevenuto. Perché non la lascia parlare del suo fidanzato col quale fa l'amore undici volte al giorno e che è un'artista concettuale mica da poco? Rielabora palloni da basket coi coriandoli, un'idea sensazionale.

JEP: Senta, Talia Concept dice cose di cui ignora il significato. Io di lei, finora, ho solo fuffa non pubblicabile. Se lei pensa che io mi lasci abbindolare da cose tipo: "Sono un'artista e non ho bisogno di spiegare" è fuori strada. Il nostro giornale ha uno zoccolo duro di pubblico colto che non vuole essere preso in giro. Io lavoro per lo zoccolo.

TALIA: Ma allora mi lasci parlare del mio accidentato, sofferto, ma indispensabile percorso d'artista.

JEP: Indispensabile a chi? Santo cielo, signora, cos'è una vibrazione?

Talia scoppia in lacrime e urla.

TALIA: Non lo so cazzo! Non lo so cos'è una vibrazione. Sei un ossessivo del cazzo, Gambardella. Parlerò con la tua direttrice e le dirò di mandarmi un altro cazzo di giornalista, di statura più elevata della tua.

JEP *(gentile e impassibile)*: Una preghiera. Quando parlerà con la direttrice, abbia tatto col concetto di statura. Sa, la direttrice è nana. Ha tanto sofferto per questa caratteristica.

Scena 12. Ufficio direttrice Nana. Interno. Giorno.

Elide Lettieri, alias Dadina, sulla sessantina, l'abbiamo vista la prima volta volare in aria alla festa di Jep, è la direttrice nana del giornale per il quale Jep scrive.

Ora, Elide siede dietro la scrivania antica e maestosa, impilata su quattro cuscini e ride come un'ossessa mentre legge l'intervista di Jep a Talia Concept.

Jep è seduto di fronte a lei. Fuma, attraversato da un leggero, autocompiaciuto sorriso.

Dadina smette di ridere e dice:

DADINA: Jep, quest'intervista è uno spasso.

JEP *(ironico)*: È l'ultima volta che intervisto una che dà le capate nel muro.

Dadina lascia la poltrona con un saltello e va a un fornellino da campeggio che stona tra *boiseries* antiche e librerie imponenti. Sta scaldando del riso al sugo. Lo mette in due piatti.

DADINA: Hai scoperto il trucco?

JEP: Gommapiuma. La filodrammatica non muore. Non ti sei offesa per la parte che ti riguarda, vero?

Quella sulla statura.

Dadina sistema una tovaglia piegata a metà che va da lei a Jep. Ci mette i piatti col riso, due bicchieri e del vino rosso avanzato.

DADINA: Non dire sciocchezze. È la parte più divertente. Sono una nana. Perché non si dovrebbe dire? È sempre la prima e ultima cosa che tutti dicono di me.

Jep la guarda con ammirazione, mentre lei gli mette il parmigiano sul riso. Prendono a mangiare seduti alla scrivania, uno di fronte all'altro, in mezzo a libri, telefoni, giornali.

JEP: Sei una donna spettacolare, Dadina. E hai fatto la carriera che meritavi.

Dadina alza lo sguardo su Jep. Con una punta di vero dolore.

DADINA: Tu, Jep, invece non hai fatto la carriera che meritavi.

JEP *(leggermente imbarazzato)*: Forse non avevo tutte queste cose da dire.

DADINA: Stronzate. È che sei pigro.

JEP: È che sono diventato cinico e disilluso prematuramente. E questo non aiuta nella scrittura.

Mangiano il riso. In silenzio. Poi si buttano a chiacchierare del più e del meno. Di routine.

JEP: Il figlio di Viola sta un'altra volta male.

DADINA: Quel ragazzo ha visto troppe cose sbagliate in troppo poco tempo.

JEP: Probabile. Il riso scaldato è sempre meglio di quando lo hai appena cucinato.

DADINA: Il vecchio è meglio del nuovo.

JEP: Che fai stasera, chérie?

DADINA: Come diceva la grande De Blasi che mi ha preceduto a questa scrivania, stasera mi faccio due cose: un brodino e una scopata.

JEP *(ride)*: Due cose in contraddizione tra loro.

DADINA: È quello che le dicevo anch'io. E lei, serissima, rispondeva: "No, Dadina, non sono in contraddizione. Perché sono due cose calde".

Scena 13. Lungotevere. Esterno. Giorno.

Un'abitudine di Jep Gambardella: pedinare i pazzi per strada e ascoltare i loro soliloqui, sempre caratterizzati da squarci convulsi di frasi e il tono perennemente incazzato.

Ora, Jep si affanna dietro uno che si muove molto veloce. Quarant'anni scarsi, avrà una trentina di buste di plastica caricate sulle spalle, una barba a chiazze, capelli coi pidocchi, una statura massiccia.

Parla da solo a voce bassa, per poi, improvvisamente, alzare il volume senza motivo.

PAZZO: Ti ho ferito, Mariella? Ti ho ferito, Mariella? Come se non lo sapessimo tutti che l'unica virtù è l'ipocrisia. Sei un'ipocrita, Mariella. Ti ho ferito, Mariella?

Jep è costretto a fermarsi con l'affanno. Porta una mano alla milza. Il folle è troppo veloce per lui. Lo vede scomparire in fondo a un abisso di auto parcheggiate.

Scena 14. Casa Jep. Terrazza. Esterno. Sera.

Serata tra amici intimi sulla terrazza ben ventilata di Jep. Un jazz discreto in sottofondo. Il Vaticano illuminato come sono illuminate le cose coscienti di essere al centro di un mondo.

A gruppetti, tra piante ben curate e comodi divani, impera uno spensierato chiacchiericcio. Romano ha incastrato Jep in un angolo e gli parla trafelato, lanciando continue, ansiose occhiate alla ragazza esangue che, in disparte, da sola, annoiata, col naso malato non di raffreddore, se ne sta a fumare fissandosi una scarpa costosissima che le dondola al piede.

Romano beve un Chinotto dalla bottiglina, Jep lo ascolta mentre si mescola un gin tonic. I suoi occhi acquosi e opachi ci dicono che quel gin tonic non è certo il primo. Ciò non significa che è ubriaco.

ROMANO: Jep, capisci, questa casa editrice di Ancona lo vuole proprio questo libro-intervista su di te.

JEP: Un altro libro-intervista? Ormai siamo un popolo di intervistati. Ma non li senti? "Come dico sempre", ma *dico* a chi? Lasciamo perdere. E poi sii sincero, ma chi se lo compra un libro che si chiama *Visioni e revisioni. La galassia di Jep Gambardella*?

ROMANO: È un titolo serio. E purtroppo in questo paese per farsi prendere sul serio bisogna prendersi sul serio.

JEP: Roma', ma che gli raccontiamo? Io ho scritto un solo romanzo, quarant'anni fa, che in libreria non si trova neanche.

ROMANO *(si incazza)*: Jep, che cazzo dici? *L'apparato umano* era un capolavoro. Vinse pure il Bancarella. Dico: il Bancarella! E ogni sera, se avessi il registratore, hai idea di che cosa ne uscirebbe fuori?

JEP: Sei tanto caro Romano, ma sarebbe proprio presuntuoso. Lascia perdere.

Jep fa per andare verso lidi più allegri ma Romano, nervoso, lo ferma per un braccio.

ROMANO: Il fatto è, Jep, che così mi metti in difficoltà. Io ho già firmato. Ho preso 1500 euro di anticipo. Ne avevo bisogno per pagare l'affitto.

JEP *(sospira, ma è un amico)*: Roma', ridaglieli. I 1500 euro te li do io. A proposito, ho parlato con quelli del teatro. Te lo danno per tre sere. La luce però è a carico tuo.

ROMANO *(radioso)*: Questa è una bellissima notizia. Grazie Jep.

Finalmente, Jep si può allontanare. Romano, assai contento, raggiunge l'esangue.

Su un divano, Trumeau mangia concentrata delle mozzarelline. A fianco a lei, il marito Lello Cava sta intrattenendo Orietta, una donna sui quarantacinque che non è molto intima del gruppo.

Infatti, Lello la istruisce e, con gli occhi, le indica Viola, che se ne sta in disparte a bere e fumare, altera e impercettibilmente nervosa. Lello dice a bassa voce a Orietta:

LELLO CAVA: Quella là è Viola Bartoli. Vedova Bartoli, non so se mi spiego. Quel Bartoli, quello che fu assassinato, non un omonimo. Pensa che a mare Viola tiene uno yacht di cinquanta metri che è appartenuto a Himmler, 'o nazistone. Tu lo sai io come la chiamo Viola?

ORIETTA: No. Come la chiami?

LELLO *(sicuro di far ridere)*: "Nonfalacacca".

ORIETTA *(non ride affatto)*: Non ho capito.

LELLO: La chiamo "Nonfalacacca". Nel senso che è sempre perfettina. E i perfetti, capisci, danno l'idea di non fare mai la cacca. Mio padre, quando presentai Trumeau in famiglia, le disse una cosa sola: "Signorina, prima di sposare mio figlio, lei l'ha mai visto fare la cacca?".

ORIETTA: Che schifo!

LELLO: Ma lo schifo è solo un pregiudizio. Invece sappi che io e Trumeau, attualmente, siamo l'unica coppia che si ama in Italia.

Orietta è disgustata, ma dissimula mantenendosi impassibile. Arriva Jep.

JEP: Orietta, devi stare attenta a quello che dice Lello.

ORIETTA: Sì, questo l'ho capito.

JEP: Lello è il più grande venditore del mondo. Intorta chiunque in venti minuti, questo serpente ti vende merce per tutto il danaro che possiedi.

LELLO: Mi lusinga sempre l'amico Jep. Solo perché tengo una bella proprietà di linguaggio non significa che sto sempre a lavorare.

ORIETTA: Lei di cosa si occupa?

LELLO: Vendo giocattoli.

JEP: Fa il modesto. Detto così pare che tiene il negozio. Invece vende all'ingrosso giocattoli in tutto il mondo. Pure ai cinesi. Ho detto tutto, ja.

Lo sguardo incuriosito di Orietta cade su un terzetto poco distante. Composto da Stefania e Dadina che parlano fittamente e un uomo che ascolta. Sessant'anni, sopracciglia folte, un ciuffo importante e una faccia altrettanto importante. L'uomo ascolta, grave e concentrato, ciò che Dadina ha da dire a bassa voce a Stefania. Orietta indica con gli occhi l'uomo a Jep e Lello.

ORIETTA: E quello lì?

LELLO CAVA: Gesù? Non lo conosci? Sebastiano Paf, forse il più grande poeta italiano vivente.

JEP: Suo il verso "Su con la vita, giù con la reminiscenza".

LELLO CAVA: Ora sta facendo la dieta Dukan, per non perdere Dadina.

Sebastiano Paf fissa Dadina e poi si passa, con gesto nobile, una mano nel ciuffo.

ORIETTA: Sta con lei?

LELLO CAVA: Lui sì, lei non sappiamo.

ORIETTA: Perché non parla mai?

JEP: Perché lui ascolta.

Taglio

Romano, in disparte, accarezza il viso dell'esangue. Lei assente come Plutone, allontana la faccia come per automatismo.

ROMANO *(bonario)*: La vuoi finire de tira' su col naso?

ESANGUE: Non mi rompere il cazzo, Roma'.

ROMANO *(felice)*: Jep mi ha trovato il teatro.

ESANGUE: Bene. Ronconi tremerà.

ROMANO: È vecchia 'sta battuta. Tu la vuoi fare la protagonista?

ESANGUE: Romano, io non faccio più l'attrice. Sono una scrittrice, adesso.

Romano avrebbe vita facile a demolirla, ma si trattiene, perché è un buono. Si limita a guardarla compassionevole.

Viola Bartoli, da un angolo della terrazza, richiama Jep. Questi la raggiunge. Viola è nervosa e Jep se ne accorge. Si appartano. Jep si fa caloroso.

JEP: Viola, tesoro.

VIOLA: Jep, mi devi aiutare, sono molto preoccupata per mio figlio.

JEP: Chérie, ma cosa posso fare io?

VIOLA: Perché non gli parli? Dici sempre che dai il meglio di te con gli sconosciuti.

JEP: Questo è il dramma. Tutti diamo sempre il meglio con gli sconosciuti. La sta facendo l'analisi?

VIOLA: Sì, ma vuole smettere. Dice che non gli serve.

JEP: E portalo da uno psichiatra. Quelli so' pragmatici. Vanno per le spicce. Tavor, Prozac, quella roba là.

VIOLA: Ma quella roba lo fa stare ancora peggio.

Jep si sforza di essere gentile, ma vuole svignarsela. La cosa non gli interessa e lo sta distogliendo dalla sana distrazione serale.

Passa trafelata la ragazza esangue, incazzatissima per chissà quale ragione. Romano le va dietro come un cagnolino. Intercetta lo sguardo di Jep e fa segno che deve andare e che gli telefonerà. Jep saluta Romano con un cenno degli occhi.

JEP: Viola, stai tranquilla. Il ragazzo è sempre stato strano. Tienitelo così. L'hai provata la pizza di scarola che ha fatto Ahè? Tu non puoi capire! Quella farabutta è la prima volta che la fa e l'è venuta meglio di come la faceva mia madre. Mi devi fare contento, prova un pezzettino.

E proprio la dirige verso la pizza di scarola. Lesto come un puma, l'abbandona al buffet, nelle mani di Trumeau che sta facendo man bassa di pizza di scarola.

Viola, a Trumeau:

VIOLA: Hai cambiato colore di capelli?

TRUMEAU: Sì, in questo periodo mi sento pirandelliana. Bello questo jazz, vero?

VIOLA *(seriosa)*: Mica tanto. L'unica scena jazz interessante, oggi, è quella etiope.

Trumeau, scettica, la fissa.

TRUMEAU: Ma sei sicura, Vio'? Il jazz etiope?

Jep raggiunge i divani, dove impera una conversazione frivola e amabilmente schizofrenica.

ORIETTA: Io sono di Torino e se devo dire la verità trovo che i romani sono insopportabili.

JEP: I migliori abitanti di Roma sono i turisti.

Sebastiano Paf ride con discrezione, mettendosi una mano davanti alla bocca.

LELLO CAVA: Voi dite Roma. Io dico l'Italia. Scusate, ma per cosa siamo famosi all'estero? Le pezze e le pizze. Nient'altro. Siamo un paese di magliari e pizzicagnoli. E sempre questo saremo.

JEP: Io non ho mai visto uno che vende giocattoli, ovvero che vende tutta la gioia e la fantasia del mondo, e che invece è così disfattista, pessimista... oscuro. Lello, tu sei un uomo oscuro.

LELLO CAVA: Oscuro?! Ma che significa oscuro?

Irrompe Trumeau dal buffet, con le labbra alonate di scarola.

TRUMEAU: Ma lo sapete che Gisella Montanelli si è indebitata con gli usurai per pagare gli arretrati dal parrucchiere?

LELLO CAVA: Ma mo' che ci azzecca questo col discorso che stavamo facendo? Amore, Jep mi ha detto che sono oscuro...

JEP *(eccitatissimo)*: Veramente Gisella è arrivata a tanto?

TRUMEAU: Nientemeno. Pensa che a marzo non ci aveva i soldi per gli usurai e quelli prima l'hanno abboffata di mazzate e poi le hanno tirato tutti i capelli.

JEP: Gesù! Che spirale mostruosa. Uno va dal parrucchiere a farsi la piega e non ci ha i soldi. Va dagli usurai e non ci ha i soldi e quelli ti rovinano il lavoro del parrucchiere.

TRUMEAU *(ride)*: Ha perso Filippo e 'o panaro.

ORIETTA: Che significa?

LELLO CAVA: Niente cara. Obsoleto folclore napoletano che mia moglie non riesce a dimenticare.

Jep e Trumeau ridono per i fatti loro.

Irrompe Stefania, quella dalla perfida arietta intellettuale, che quando parla assume sempre i toni di chi sta per dire qualcosa di fondamentale per la condizione umana. Va da sé che, nella maggior parte dei casi, si tratta di sconcertanti banalità.

STEFANIA: Roma, comunque, è l'unica città al mondo dove si è pienamente compiuto il marxismo. A Roma non è consentito a nessuno di spiccare sugli altri per più di una settimana. Poi, lo si riporta nell'*aurea mediocritas*. Roma è collettivismo puro.

Ha talmente posto l'accento sulle ultime due parole che Jep le fa il verso imitandola.

JEP: Collettivismo p-u-r-o. Stefa', quante fesserie che dici. Sai che la grande ambizione di Flaubert era scrivere un romanzo sul Niente. Se ti avesse conosciuto, avremmo avuto un grande romanzo. Peccato!

Lello Cava ride di gusto.

STEFANIA: Sei un misogino.

JEP: Non ti mettere sempre al centro dell'attenzione, Stefa'. Io non sono misogino, sono misantropo.

LELLO CAVA: Bravo! Quando si odia, bisogna essere massimamente ambiziosi.

JEP: Os-cu-ro. Sei un uomo oscuro.

Poi parte la chiacchiera sovrapposta, caotica. Tutti parlano in una babele indistinguibile. Solo Jep si assenta dalla conversazione, perché qualcosa lo sta interessando oltremodo. Un rumore proveniente dalla terrazza confinante sta catturando tutta la sua attenzione. Allunga il collo e scorge tra le piante che la tapparella elettrica del vicino si sta sollevando.

Jep fa segno ai suoi amici di stare zitti. Lentamente, costoro obbediscono.

La tapparella del vicino si solleva del tutto. Si aprono i battenti.

Jep e i suoi amici, in silenzio, posano lo sguardo sulla terrazza confinante.

In un inatteso silenzio si fa largo la musica sacra di John Tavener: *A Christmas Round*.

Il misterioso vicino di casa esce in terrazza. Elegantissimo, non degna di uno sguardo la comitiva di Jep. L'uomo va al parapetto e guarda verso il nulla.

Qualche istante dopo è raggiunto da un uomo tarchiato sui cinquant'anni, vestito in jeans e maglietta, possiede muscoli da picchiatore e un viso da criminale lombrosiano. Si affianca all'uomo misterioso e guarda pure lui il nulla.

In terza battuta, sopraggiunge una donna di inaudita bellezza. Indossa un abito da sera lungo rosso elegantissimo. Sofisticata e inarrivabile, la donna prende la mano del tarchiato e guarda anche lei il nulla.

Jep e i suoi amici fissano questi tre tizi e sono ammutoliti. Sulla sospensione dei loro volti cala una dissolvenza.

Scena 15. Piazza Navona. Esterno. Notte.

La straordinaria musica di Tavener sfiora la bellezza della Fontana del Moro di una piazza Navona vuota e addormentata, conferendole una bellezza nascosta, sconosciuta.

Solo due figure passeggiano mollemente. Sono Jep e Orietta. Hanno l'andatura del presagio amoroso. Jep la guarda, le elargisce quel suo sorriso che somiglia a un'irresistibile seduzione infantile. Lei ricambia il sorriso, trafitta.

Poi Orietta riflette tra sé e, come divertita dal proprio pensiero, prende a parlare come se declamasse.

ORIETTA: *"A luce intermittente, l'amore si è seduto nell'angolo. Schivo e distratto. Esso è stato. Per questa ragione, non abbiamo più tollerato la vita."*

JEP *(sinceramente colpito)*: Nessuno mi citava più da decenni.

ORIETTA: L'ho letto da ragazza il tuo libro. E il finale non l'ho mai dimenticato.

JEP: Fermati immediatamente. Stai accrescendo in misura imprudente il mio ego.

ORIETTA: Si capisce che quando l'hai scritto dovevi essere un uomo molto innamorato.

Questa frase scatena un leggero disagio in Jep. Sfugge all'imbarazzo con l'esperienza di una battuta consolidata.

JEP: Moravia fece più o meno lo stesso commento. Anche se argomentò meglio.

Orietta sorride. Anche Jep sorride. Sono arrivati al centro di piazza Navona.

ORIETTA: Lo sai che una volta ho visto piazza Navona ricoperta di neve?

JEP: Ah sì? E com'era?

ORIETTA: Bianca.

Ridono. Orietta indica un portone.

ORIETTA: Io abito lì.

JEP: Piena periferia.

La musica sacra s'interrompe.

Scena 16. Auto/strada. Interno/esterno. Notte.

Lello Cava guida la sua Jaguar. Trumeau è al suo fianco, però aveva sonno, per cui ha abbassato il sedile in posizione completamente orizzontale, come un letto, e dorme in posizione supina.

Lello Cava attraversa una strada periferica, con dei trans sul ciglio della strada. Un trans scorge la Jaguar, vede Lello e, dal suo punto di vista, Lello appare solo in auto, per cui, con voce baritonale, gli urla goliardica:

TRANS: A Lello, che fai, non ti fermi stasera?

Lello diventa un blocco di ghisa paralizzato che non osa guardare da nessuna parte se non la strada davanti. Si limita a pigiare il piede sull'acceleratore.

Ma Trumeau, al suo fianco, non dorme più. Con gli occhi spalancati, senza fiatare, smarrita e sconcertata, fissa il tettuccio dell'auto.

Scena 17. Scale casa Orietta. Interno. Notte.

Lungo una strana, bellissima rampa circolare, Jep e Orietta salgono in silenzio. Lei avanti, lui segue. Lei si volta a guardarlo per un istante, con furtiva complicità. Lui la guarda inespressivo.

Scena 18. Casa Orietta. Interno. Notte.

A letto, Jep e Orietta fumano. Siamo nel mondo del "dopo".

ORIETTA: Non sembravi molto interessato mentre facevi l'amore con me.

JEP: Perché dici così? L'ho fatto.

ORIETTA: L'hai fatto, ma non sembrava che t'importasse molto.

JEP *(sorride)*: Sei molto bella, Orietta.

Lei sorride come se fosse dentro una piccola beffa. Cambia argomento.

ORIETTA: Sai che faccio delle foto? A me stessa. Per conoscermi meglio. A tutte le ore del giorno. Degli autoscatti col telefonino.

JEP *(mentendo)*: Interessante.

ORIETTA: I miei amici di Facebook dicono che faccio delle belle foto.

JEP: Ce ne sono anche di te nuda?

ORIETTA: Qualcuna.

JEP: Ecco.

ORIETTA: Vorresti vederle?
JEP *(mentendo)*: Certo.

Orietta, tutta contenta, si alza e, mentre esce dalla stanza, gli dice:

ORIETTA: Ok, vado in bagno e poi prendo il computer.

Jep rimane tranquillo, da solo, a fumarsi la sigaretta a letto. Guarda la finestra aperta che dà sulla piazza, da cui s'intravede un coriandolo di bellezza.

Mentre parte pacata e tranquilla la sua voce fuori campo.

V.F.C. JEP: La più consistente scoperta che ho fatto pochi giorni dopo aver compiuto 65 anni è che non posso più perdere tempo a fare cose che non mi va di fare.

Orietta avanza col computer lungo il corridoio della sua bella casa. Approda in camera da letto, ma Jep non c'è. Trova solo un biglietto sul letto. Sopra c'è scritto: "*Sentiamoci qualche volta. Jep*".

Lo legge. Non sa se ridere o essere delusa. Finisce per ridere delusa.

Scena 19. Piazza Navona. Esterno. Notte.

Jep cammina lungo la piazza deserta. Riflette. Decide di voltarsi. Guarda la finestra di Orietta. Lei c'è. È lì, immobile e seria, che lo guarda.

La finestra della casa di Orietta è come incorniciata nella maestosa, bellissima chiesa di piazza Navona.

Jep si volta di nuovo avanti. Riprende il suo cammino solitario.

Scena 20. Lungotevere. Esterno. Alba.

Riparte, dove si era interrotta, la musica sacra.

Jep fuma contento, sollevato, mentre costeggia, nelle primissime luci dell'alba, quel coagulo sospeso di bellezza che è l'isola Tiberina. Gode di quel sorprendente, miracoloso privilegio: c'è solo lui e Roma. Nessun altro.

Spuntano dal nulla, perfette anime morte gogoliane, tre uomini molto vecchi. In tute da ginnastica, grondanti barili di sudore, fanno footing, con lo sguardo basso, neanche notano Gambardella. Incrociano Jep che, in quel momento, riesce a catturare un brandello di conversazione sostenuto dal più vecchio di tutti al centro del terzetto.

UOMO VECCHIO: Alla vicedirezione mettice Saccomanni, che Antonini m'ha rotto veramente er cazzo.

Jep sorride tra sé. Roma non cambia mai, potrebbe pensare. Riprende a guardare quell'acqua torva del Tevere, che proprio in questo punto si fa piccola cascata impetuosa e che tuttavia lo rassicura, mentre continua la sua voce off.

V.F.C. JEP: Quando sono arrivato a Roma, a ventisei anni, sono precipitato abbastanza presto, quasi senza rendermene conto, in quello che si potrebbe definire il vortice della mondanità.

Ma io non volevo essere, semplicemente, un mondano. Volevo diventare il re dei mondani. E ci sono riuscito.

Io non volevo solo partecipare alle feste.

Volevo avere il potere di farle fallire.

Perché adesso, di colpo, quella spensieratezza infantile svanisce dal suo volto? In un istante, disvela rughe verticali, ed è inquieto, spaesato. Perché?

Probabilmente perché sul Tevere avanza sornione un barcone e colui che lo guida sta fissando Jep.

Jep lo guarda, poi distoglie gli occhi, lo guarda nuovamente di sottecchi e quello sempre a fissarlo.

E Jep conclude mentalmente che quell'uomo lo sta fissando con un'aria di minaccia. Una sordida, metafisica violenza del tutto fuori luogo.

Per questo, allunga il passo, frettoloso, l'incanto è svanito.

Scena 21. Palazzo Jep (pianerottolo/ascensore). Interno. Mattina presto.

La penombra del pianerottolo.

Il coro raggiunge la summa della perfezione emotiva della musica sacra sul primo piano di un uomo sui settanta dall'aria dimessa e sofferente. Un uomo, questa volta l'espressione è pertinente, normale. Ordinario, nella sua uniforme da pensionato onesto e rispettabile.

Si chiama Alfredo e sosta immobile sul pianerottolo, a fianco alla tastiera tecnologica del vicino di casa di Jep. I piedi sullo zerbino, gli occhi sfigurati da una malinconia recente e, al contempo, atavica.

Jep sale in ascensore. Giunto sul pianerottolo, è sorpreso di scorgere quella sagoma sconosciuta sullo zerbino del vicino.

Alfredo, nel vedere Jep, ha un sussulto. Lo stava aspettando.

ALFREDO: Gambardella?

JEP: C'est moi.

ALFREDO: Mi scusi per come mi presento, senza preavviso, sono Alfredo Marti.

JEP: Piacere, Jep. Casa mia però è quest'altra.

ALFREDO: Non voglio disturbare.

JEP: Prego, mi dica.

ALFREDO: Sono il marito di Elisa De Santis.

Jep sbianca di colpo. Mai visto così traballante, ferito. Silenzio. Quando si riprende, gli esce una frase incredibile.

JEP: Avete avuto figli?

ALFREDO: No, io non potevo.

JEP *(istintivamente)*: Io sì, potevo. Mi scusi. Mi scusi.

ALFREDO: Anche lei poteva. Elisa è morta. Ieri.

Avevano ragione Moravia e Orietta. Jep era innamorato quando scrisse il suo romanzo, perché adesso, di colpo, gli occhi gli si riempiono di lacrime enormi.

Anche gli occhi di Alfredo si riempiono di lacrime.

Nella penombra, due vecchi, uno di fronte all'altro, piangono con la dignità degli adolescenti delusi.

Dopo un tempo trascorso a piangere, Jep si fa sinceramente premuroso.

JEP: Ma prego, Alfredo, entri in casa. Le faccio un caffè.

Ma a questa proposta Alfredo oppone un rifiuto sicuro.

ALFREDO: No. Mi farebbe troppo male vedere quello che Elisa ha sempre desiderato.

Ora Jep è sbalordito da questa affermazione. Non trova le parole. Balbetta qualcosa, ma non si sa cosa.

La musica sacra è terminata.

Scena 22. Cimitero del Verano. Esterno. Giorno.

Jep e Alfredo scendono lungo un vialetto all'aperto, in mezzo alle tombe. Il cielo è nuvoloso e sta cadendo una pioggia leggera. Jep fa per salutare Alfredo.

JEP: Alfredo, se posso esserti utile, sai dove abito.

Ma Alfredo ha come una crisi. Afferra energico il braccio di Jep, come a non volerlo lasciare andare. Alfredo guarda a terra, con un che di rabbioso, e trattiene le lacrime.

Jep è a disagio. La pioggia si fa più intensa. Si stanno bagnando. Jep lancia un'occhiata furtiva al cielo. Ma Alfredo non ha nessuna intenzione di lasciarlo andare e l'ultimo dei suoi pensieri è la pioggia.

Passano tre suorine sormontate da ombrelli neri. Guardano di sottecchi i due anziani immobili sotto la pioggia.

Solo dopo un tempo, quando ormai sono ampiamente fradici, Alfredo confessa a Jep qualcosa di cui si vergogna. Lo dice a bassa voce:

ALFREDO: Non mi lasciare solo. Per favore, non mi lasciare solo.

Scena 23. Casa Alfredo. Interno. Giorno.

Una sfilata infinita di brutti palazzi. È via Tuscolana. Questo si vede dalla finestra del terzo piano del trivani modesto e decoroso di Alfredo.

Jep e Alfredo siedono al tavolo del tinello. Fermo agli anni Ottanta. L'arredamento anonimo di quegli anni. Il parato beige alla parete. I posacenere di cristallo verde mai usati. In un angolo del tinello c'è ancora il tavolo da stiro aperto, il ferro sopra in verticale e una camicia bianca di Alfredo stirata per metà. Tutto questo, Jep nota e osserva.

Un mobile basso con la foto del giorno delle nozze di Alfredo e Elisa. Nella foto, Alfredo è radioso, Elisa ha un sorriso che sa di forzato.

Alfredo se ne sta con lo sguardo immobile sul tavolo senza dire una parola.

Jep non può fare a meno di sbirciare quella foto. E noi tutti non possiamo fare a meno di pensare una cosa semplice: ma quanto era bella Elisa da ragazza!

Nel guardare quella foto, una specie di tenerezza triste pervade gli occhi di Jep.

Alfredo solleva di colpo lo sguardo su Jep e questi subito distoglie gli occhi dalla foto, in colpa, come se fosse stato colto sul fatto.

Con una friabile linea di rabbia mista a perfida ironia, Alfredo dice una cosa che è come un colpo di pistola.

ALFREDO: L'amore seduto nell'angolo era schivo, ma non era distratto. Ti ha sempre amato. Con grande concentrazione.

Jep solleva a dir poco sorpreso lo sguardo su Alfredo.

JEP: Non capisco.

ALFREDO: Siamo stati sposati per trentacinque anni, ma Elisa ha sempre amato te.

JEP *(imbarazzato, sorride nervoso)*: Ma cosa dice, Alfredo? Io sono stato fidanzato con Elisa che eravamo dei ragazzini. E poi mi lasciò lei, mi pare, sono passati così tanti anni che neanche lo ricordo più.

ALFREDO: Sì, ti ha lasciato lei l'8 settembre 1970.

Jep è ammutolito da questa precisione. Cerca parole di conforto.

JEP: Appunto. Alfredo, lei adesso è sconvolto. È normale che sia così. È giusto.

ALFREDO: Non sono sconvolto. Elisa ha sempre amato solo un uomo: tu.

JEP: Ma come fa a dire una cosa del genere? Io non l'ho mai più rivista. E voi siete stati insieme tutta la vita. Come fa a dirlo?

ALFREDO: Perché ho trovato un suo diario col lucchetto. E io ho rotto il lucchetto.

Il sudore freddo, letteralmente, sulle tempie di Jep Gambardella. Prova a rientrare su un piano di realtà.

JEP: Alfredo, io per lavoro scrivo. Quando si scrive, mi creda, si dà corpo alle fantasie, alle bugie, all'immaginazione...

Ma Alfredo lo interrompe quasi con sgarbo. Non vuole sentire stronzate.

ALFREDO: Io sono stato un buon compagno. Solo questo scrive di me. Trentacinque anni insieme e io appaio in due righe come un buon compagno.

Alfredo scoppia a piangere. Jep prende dal taschino della giacca un fazzoletto di seta frivolo e meraviglioso e lo porge ad Alfredo. Questi lo prende e si asciuga le lacrime.

Jep non sa più cosa dire.

JEP: Cosa farà adesso?

Alfredo tira su col naso, prova a ridarsi un contegno.

ALFREDO: Quello che ho sempre fatto: vivere nell'adorazione di lei.

Jep fissa quest'uomo con tutta la compassione di cui è capace.

JEP: Lei è una brava persona, Alfredo.
ALFREDO: Sì, io sì.

Scena 24. Casa Jep. Interno. Notte.

Il silenzio totale. Fa caldo. Le lenzuola stropicciate, appallottolate ai piedi del letto. Jep, i cerotti ortopedici bianchi che gli arrivano sopra le spalle come delle bretelle, supino, fissa il soffitto con gli occhi immobili.

Sul soffitto, gli appare il calmo mare blu. E poi passa soave, sbattendo nell'acqua, sempre rovesciato, un Riva Aquarama da destra a sinistra.

Scena 25. Isola - mare - scogli. Esterno. Giorno.

L'azzurro nitido, da sogno, del mare. La mdp a fior d'acqua. Avanza verso la nuca di Jep Gambardella che sta facendo il bagno a mare. Giunto al primo piano, Jep si volta verso la mdp. È spaventato, perché sta arrivando a gran velocità, contro di lui, quel Riva Aquarama. Plana come un gigante e dall'imbarcazione si sentono delle voci divertite maschili che urlano.

Jep è sempre più spaventato. Il Riva sempre più vicino.

Su uno scoglio, viste da lontano, delle ragazze in bikini avvertono il pericolo del motoscafo e del natante e lanciano urla, in preda alla paura. Gridano il nome "Jep" e lo implorano di spostarsi.

Il motoscafo a pochi metri dal viso di Jep. Questi prende una decisione, s'immerge sott'acqua.

L'apprensione delle ragazze.

Visto da sott'acqua, la sagoma della chiglia del Riva che attraversa l'inquadratura.

Poi, Jep spunta illeso dall'acqua. Il Riva alle sue spalle, però Jep non ha più 65 anni, ma 20, ed è di una bellezza devastante. Si volta verso lo scoglio, dove ci sono le ragazze.

Le andiamo a vedere più da vicino. Indossano bikini degli anni Sessanta. Ululano e saltano di gioia perché il giovane Jep ha scampato il pericolo. Una ragazza al centro del gruppo, però, non ulula e non saltella. Invece, guarda seria Jep. La mdp va a vederla da vicino. Si apre in un sorriso malizioso e indimenticabile. Un sogno. È Elisa De Santis a vent'anni.

Jep, dal mare, le sorride anche lui.

Scena 26. Chiostro del Bramante. Esterno. Mattina presto.

Il magnifico chiostro circolare seduto al centro del cortile. La luce flebile e le ombre lunghe, misteriose.

Una madre in grande apprensione circumnaviga il perimetro.

MADRE: Francesca! Francesca! Francesca!

Jep sta guardando la scena con discrezione, dall'ingresso.

La mamma, sempre più spaventata, cerca e chiama. La madre trova l'ingresso del chiostro. Vi entra. Quasi nel buio scorge la figlia di sette anni. Pacifica e immobile, la bambina sta fissando una statua. La madre l'abbraccia.

Scena 27. Casa Jep. Interno. Giorno.

Jep nella sua cucina. Seduto al tavolo. Fissa lo spremiagrumi elettrico. Indossa un completo di lino bianco indimenticabile. Entra, tutta affaccendata, Ahè, la colf filippina.

AHÈ: Dottore triste?

JEP: Dottore strano.

AHÈ: Non mi piace. Preferisco dottore triste. Vai a dormire?

JEP: Non ci crederai, ma sono andato a dormire alle ventidue, ieri. Ora non so cosa fare. La mattina è minacciosa, Ahè.

AHÈ: Dottore vuole aiutare me a spicciare casa?
JEP: Dottore strano. Non può.
AHÈ: Dottore farabutto.

Jep ride alla battuta, ma non come vorrebbe. È una risata triste. Ahè esce dalla cucina.

Scena 28. Casa Romano. Interno. Mattina.

Un appartamento malandato all'Esquilino.

Borsalino bianco a coprirgli il viso e completo di lino bianco spiegazzato senza abdicare alla sua irresistibile bellezza, Jep Gambardella, pigro e indolente, se ne sta sdraiato sul lettino singolo e disfatto di una piccola stanza buia dove vive Romano.

Questi è seduto a una minuscola, disordinata scrivania, con un portatile davanti. Batte sulla tastiera, sovreccitato. Si ferma. Come un pessimo, trombonesco attore teatrale, intona leggendo ciò che ha scritto.

ROMANO: Ma che valeva quel torbido bollore di passioni servili, considerato a traverso il silenzio da cui Roma è circonfusa per nove giri come da un fiume tartareo? Si agita dentro le mura urbane una gente nuova? Fuma dalle fenditure di quel suolo un vapor febrile che opera sul sangue di certi uomini come un filtro, producendo una specie di demenza eroica dissimile ad ogni altra.

Romano prende fiato. Eccitato.

ROMANO: Che te ne pare? Potente no?

Jep, da sotto il borsalino, dice sincero:

JEP: Roma', ma a te, di adattare D'Annunzio per il teatro, che te ne fotte?

ROMANO: Ma... sai... D'Annunzio è stato paradigmatico... voglio dire... cioè...

JEP *(interrompe)*: Non te ne fotte niente, Roma'. Tu pensi che certe acrobazie intellettualistiche ti diano una dignità. Pensi sempre che tutti gli altri siano meglio di te, ma non è così. Perché non scrivi qualcosa a cui tieni veramente? Un sentimento, oppure un dolore. Purché sia qualcosa di tuo.

Romano prima è deluso, ma poi apprezza la sincerità, però s'imbarazza e cambia argomento.

ROMANO: Ti conosco da una vita e non sei mai venuto a casa mia.

Jep, sempre col borsalino sul viso.

JEP: Casa mo'! Non ti atteggia'! Ci hai una stanza in una casa di studenti, questo tieni.

ROMANO: Ahò, sei simpatico a fa' 'ste puntualizzazioni.

JEP: Ma quella tipetta smorta che ti porti sempre dietro, ci stai insieme?

ROMANO: Magari! Ci avrò provato settemila volte, manco un bacio ci ho tirato fuori. Ma non è neanche questo il problema. Il fatto è che ci tengo troppo a lei.

JEP: È 'na stronza.

ROMANO: No, non è 'na stronza. È problematica.

JEP: Roma', sei troppo buono. Ti dico che è 'na stronza. Fidati di Jep. Io quelle così le riconosco dalla finestra. Non c'è manco bisogno che me le presentano.

ROMANO: Tu hai mai contato tutte le donne con cui sei stato?

JEP: No. Non so' bravo in aritmetica.

ROMANO: Io invece sono sempre stato bravo in matematica.

JEP: Pure se non eri bravo le potevi contà lo stesso. A te so' sei, Roma'. Te le ho presentate tutte io.

ROMANO: Sette.

JEP: E quando so' diventate sette?

ROMANO: L'estate scorsa. Un'amica di mia sorella al paese, quando sono andato a trovare i miei. Una che ci ha una merceria. Simpatica.

JEP: Simpatica, vuo' rìcere che è 'nu cesso!

ROMANO *(ride)*: E tu, quella Orietta?

JEP: Chi è Orietta, mo'?

ROMANO: Come chi è! Quella che stava a casa tua l'altra sera. Bella donna.

JEP: Alla mia età, Romano, una bella donna non è abbastanza.

Jep si toglie il borsalino dal viso e si mette a sedere sul letto. Solleva uno strano sguardo su Romano e poi dice, come a fare una faticosa confessione:

JEP: Ho una mezza intenzione di riprendere a scrivere.

ROMANO *(s'illumina di gioia sincera)*: Ma questa è una grande notizia, Jep. È successo qualcosa?

JEP: Che intendi?

ROMANO: Se dopo tanti anni vuoi riprendere a scrivere, significa che è successo qualcosa.

JEP *(fa spallucce)*: A Roma succede sempre qualcosa. Che stai guardando?

In effetti, Romano sta guardando attraverso uno spiraglio della porta socchiusa, verso l'esterno. Di colpo, abbassa la voce e dice a Jep:

ROMANO: Vieni a vedere, Jep.

Jep si alza e va a mettersi a fianco a Romano per guardare pure lui attraverso quella fessura.

E vedono in un'altra stanza un ragazzo e una ragazza di diciotto anni che si baciano con una dolcezza infinita. Non si fermano mai. Instancabili.

Romano e Jep se ne stanno a guardarli in silenzio. Sempre a voce bassa, Romano informa Jep:

ROMANO: Si sono conosciuti dieci giorni fa, all'Università. Sono dieci giorni che si baciano senza mai fermarsi.

Nel silenzio, inondati di una tenerezza nostalgica, Jep e Romano restano a sbirciare i due giovani che si baciano.

Scena 29. Casa Jep - terrazza. Esterno. Sera.

Conversazione animata sui divani della terrazza di Jep. Pochi intimi. Jep, Lello, Trumeau, Viola, Stefania, Romano, l'esangue, il poeta Sebastiano Paf e la grande Dadina. Stefania tiene banco con la sua banale saccenza. Molto infervorata.

Jep ascolta stravaccato con un occhio particolarmente opaco. Forse vittima di qualche gin tonic di troppo.

STEFANIA: Ma perché dobbiamo essere ipocriti e non dire la verità? Questa generazione di giovani mi fa orrore. Mantenuti per anni da questo Stato, appena scoprono di avere due neuroni, prendono e vanno a studiare e a lavorare in America, a Londra, fregandosene di chi li ha sostenuti. Non hanno nessuna vocazione civile. Io, da ragazza, a Lettere occupata, grondavo vocazione civile.

JEP *(ironico)*: Tu grondavi vocazione civile?

STEFANIA: Sì, perché?

JEP: Lasciamo perdere.

STEFANIA: Ma che ne sai tu? Negli anni Settanta tu stavi a Napoli a fare il vitellone con le ragazzette borghesi e a scrivere il tuo unico romanzetto.

JEP *(a mo' di sfottò)*: La Grande Storia mi passava accanto ed io non me ne accorgevo.

ROMANO: Romanzetto? Ha segnato la letteratura italiana.

Sebastiano Paf annuisce tra sé. Grave e consenziente. Lello Cava prova a stemperare i toni con una battuta.

LELLO CAVA: Posso confermare che Jep e la vocazione civile non so' mai andati tanto d'accordo. Uno era pigro, l'altra iperattiva.

Ma nessuno ride. C'è una tensione strisciante.

STEFANIA: Dài, Romano, basta, a fare le fusa tutte le volte al tuo idolo. Sei patetico. *L'apparato umano* era un libro limitatissimo, frivolo, pretenziosetto come il suo titolo e Jep lo sa benissimo tanto è vero che ha evitato di scrivere altro.

ROMANO: Tu invece...

STEFANIA *(aggressiva, lo interrompe)*: Io almeno ci ho provato a cambiare le cose con la letteratura. Ho scritto undici romanzi d'impegno civile e il libro sulla storia ufficiale del partito.

JEP: Ti sei dimenticata la collaborazione ai testi di quel reality. Aspe', come si chiama?

ROMANO: *La fattoria delle ragazze.*

STEFANIA: L'esperienza della televisione è molto formativa. E se mi chiamano come ospite, ci vado sempre. Io provo, sperimento, mi sporco le mani. Non passo la vita a fare la snob.

JEP: Mi sono sempre chiesto: ma quanto li pagano gli ospiti?

DADINA *(a Stefania)*: Stai dicendo che un romanziere "impegnato" ha una sorta di vantaggio, diciamo salvacondotto, rispetto al romanziere che si occupa, che so, di sentimenti?

JEP: Certo che sta dicendo questo.

STEFANIA: Ma Dadina, la causa per la quale uno impegna la sua vita non è secondaria. Metti l'importanza di costituire una famiglia, occuparsi quotidianamente, con sacrificio e impegno, dell'educazione dei ragazzi. Io ed Eusebio abbiamo quattro figli. Facciamo insieme un percorso. Progettiamo. Io faccio i salti mortali per essere madre e donna, ma alla fine della giornata sento che sono stata utile, che ho fatto qualcosa di importante.

DADINA: Noi invece che non abbiamo figli, alla fine della giornata, secondo te, dovremmo accarezzare l'idea del suicidio?

STEFANIA: Non parlo di te, naturalmente.

JEP: Parla di me.

STEFANIA: Dadina, sai quanto ti stimo. Tu sei una donna cazzuta.

JEP: Usi "cazzuta" in uno dei tuoi undici romanzi?

Paf sorride di nascosto.

STEFANIA: Ora non attaccarci la tua lezioncina sulle parole che si possono usare o no. Sì, uso la parola "cazzuta" nei miei romanzi. Provo a essere moderna.

LELLO CAVA *(ironico, ridacchia)*: La modernità è cazzuta.

JEP: De gustibus. Però, quante certezze, Stefania. Non so se devo invidiarti o provare una forma di ribrezzo.

STEFANIA: Sì, ho delle certezze. Ho 53 anni...

JEP *(fa il gesto della "parentesi")*: Portati benissimo.

Lello e Dadina ridono di nascosto.

STEFANIA: Ho 53 anni, ho sofferto, mi sono rialzata e ora ho imparato molte cose dalla vita. *(pausa)* Bene, vedo che non ribattete più.

JEP *(pacato)*: Stefania, non ribattiamo perché ti vogliamo bene e non vogliamo metterti in imbarazzo. Tutte queste vanterie, questa ostentazione seriosa di *io io io* e di sicurezze e sprezzanti opinioni con l'accetta nascondono un tuo disagio, una fragilità e, soprattutto, una serie di menzogne. Noi siamo tuoi amici e conosciamo le menzogne che ci stai dicendo. Conosciamo anche le nostre, certo, per questo, a differenza tua, finiamo per parlare di cose vacue, pettegolezzi, sciocchezzuole, perché non abbiamo intenzione di misurarci con le nostre bugie e meschinità.

STEFANIA: Ma di quali menzogne parli? Tutto ciò che ho detto è vero. È ciò che sono e ciò in cui credo.

JEP: Ti prego, mi vanto di essere un gentiluomo. Non mi far crollare l'unica certezza che ho.

STEFANIA *(incazzata)*: No, tu adesso mi dici quali sarebbero le mie menzogne e le mie fragilità. Bello mio, io sono una donna con le palle. Dài, dicci.

Silenzio. Tutti ad aspettare la decisione di Jep. Che fa aspettare. Poi si decide.

JEP: Su "donna con le palle" crollerebbe qualsiasi gentiluomo. E va bene, Stefania, lo hai voluto tu. In ordine sparso: la tua vocazione civile ai tempi dell'Università non se la ricorda nessuno. Molti ricordano personalmente un'altra tua vocazione a quei tempi, ma che si consumava nei bagni dell'Università. La storia ufficiale del partito l'hai scritta perché sei stata per anni l'amante del capo del partito. E i tuoi undici romanzi, pubblicati da una piccola casa editrice foraggiata dal partito, ben recensiti solo sui giornali vicini al partito. Mai pubblicati in un'altra lingua. Sono libri irrilevanti, Stefania, e lo dicono tutti. Il che non esclude che anche il mio romanzetto giovanile fosse irrilevante, su questo ti do ragione. Il tuo "percorso" con Eusebio. Ma quale? Eusebio da anni è innamorato di Giordano, col quale pranza ogni giorno da Arnaldo al Pantheon, al tavolo sotto l'attaccapanni, come una coppietta sotto una quercia. Tu lo sai e fate finta di nulla. L'educazione dei figli che tu condurresti con "sacrificio" minuto per minuto. Lavori tutto il giorno in televisione. Esci tutte le sere della settimana. Compreso il lunedì, quando non si manifestano nemmeno i consumatori di popper. Eusebio non c'è mai. I ragazzi stanno sempre senza di te, l'ho visto io, anche durante le lunghe vacanze che ti concedi. Poi hai, per la precisione, due cameriere, un maggiordomo, un cuoco, un autista che accompagna i ragazzi a scuola e ben tre, dico tre babysitter a rotazione. Quando e dove alloggia, di preciso, il tuo sacrificio?

Queste sono le tue fragilità e le tue menzogne.

Stefania, madre e donna, hai 53 anni e una vita devastata come tutti noi. Anziché disprezzarci e farci la morale, dovresti vederci con affetto e tenera solidarietà. Siamo tutti sull'orlo della disperazione e abbiamo un unico rimedio: farci compagnia e prenderci un po' in giro.

Roma è come se si fosse fermata. C'è un silenzio memorabile. Tutti guardano a terra, per l'imbarazzo, il disagio. Solo Jep, pacato, sereno, fissa Stefania, che ricambia. Lei è gelida e raggelata. Non lascia trapelare nulla. Si limita ad alzarsi in piedi, a prendere la borsa e a uscire dalla casa. Qualcuno sbircia Jep.

JEP: Zitti. Lo so. Ho esagerato. Ma è quello che fanno gli scrittori falliti.

Taglio

Ora in terrazza non c'è più nessuno. Resti della serata sul tavolino.

C'è solo Jep che sta terminando l'ennesimo gin tonic, mentre dondola pigramente sull'amaca del terrazzo. Un fruscio di piante richiama la sua attenzione. A fatica, si solleva dall'amaca. Il rumore proviene dalla terrazza confinante, che è immersa nel buio, ma una sola cosa è visibile, la brace della sigaretta del vicino che aumenta e diminuisce d'intensità a seguito della boccata.

Jep, istintivamente, solleva il bicchiere proponendo un brindisi spento e a una distanza insensata. Un gesto che si spegne in quello che è: una soggezione immotivata diretta al suo misterioso vicino.

Sta per venire su, lenta e strabiliante, piena di sotterranea inquietudine, *Silentium*, del grande Arvo Pärt.

Scena 30. Via Veneto. Esterno. Notte.

La bellezza di questa musica, qui, ora.

In uno di quei gazebo dei ristoranti per turisti ricchi, uno sceicco arabo aggredisce una carbonara scotta. Al suo fianco, immobile e digiuna, una moglie vestita di nero. Solo gli occhi sono nudi.

I rumori della realtà, deliberatamente attutiti, fin quasi a scomparire.

La decadente maestosità di via Veneto. I grandi alberghi illuminati come cattedrali, la scritta pubblicitaria *démodée* "Martini" che resiste al progresso.

Due statuarie escort russe s'infilano trafelate, come delle dive, in una sterminata limousine bianca.

Tutto filtrato attraverso l'occhio opaco, vagamente avvilito, di Jep Gambardella. Le dita intrecciate dietro la schiena. Passeggia senza scopo e senza serenità. Come sfaldato, una sottile apprensione lo attraversa.

Un ridanciano quartetto di cinesi sbuca da un ristorante di lusso. Sputano a terra. S'infilano in sfarzose Mercedes.

Jep all'edicola notturna. Sta comprando "Vanity Fair".

Poi, egli appare. Al suo fianco. È più scolpito, di Jep. È più omerico, di Jep. Non indossa, ma veste un cotone chiaro e una maglietta che disegna gli addominali da guerriero stanco. Compra "La Gazzetta dello Sport", ha la barba di una settimana.

Si chiama Gigi Riva. *Rombo di tuono* paga, squaderna il giornale e si avvia, leggendo, lungo via Veneto, in una solitudine degna di Eugenio Montale.

Jep lo guarda, sconcertato, con "Vanity Fair" tra le dita. Per un attimo, per questo attimo, via Veneto è Via Veneto.

Scena 31. Casa Stefania. Interno. Notte.

Il violino possente, lancinante, di Arvo Pärt fa vibrare le vetrate di un meraviglioso salone che affaccia su una sinuosa piscina circondata da un prato perfetto.

Siamo in una lussuosa villa con architetture squadrate, essenziali, degli anni Settanta. In voga all'EUR.

Lo sguardo sgomento di Stefania nel vuoto. È sul trampolino della piscina. Si tuffa di testa. Un bel tuffo. Percorre in apnea la lunghezza della vasca. Quando esce, sale tre gradini e s'infila un accappatoio. Accende una sigaretta. Un pensiero la attraversa. Decide in un attimo, come in preda a un'emergenza, inizia a correre. Approda in casa, come un'indemoniata.

Noi le andiamo dietro. Sale al primo piano della sua bella villa. È notte fonda.

Stefania si precipita in camera da letto. Bagnata, con tutto l'accappatoio, s'infila sotto le coperte e abbraccia Eusebio, che sta dormendo placidamente.

Scena 32. Via Veneto. Esterno. Notte.

Arvo Pärt assume contorni decisamente sinistri ora che il fotogramma è occupato da un'immagine estrema: lungo un tratto deserto di via Veneto una ragazza anoressica porta a spasso un cane anoressico, vale a dire un bellissimo levriero.

Jep inchioda questa immagine con lo stupore che aveva da ragazzino.

Poi, un richiamo al suo indirizzo degrada di colpo la bellezza della musica e dell'immagine.

VOCE MASCHILE: A fijo de 'na mignotta!

Jep si volta. Da una stradina laterale di via Veneto, sotto la porticina di un locale di strip-tease, un uomo sui sessantacinque, aitante, barba corta, giacca e cravatta, un sorriso da malandrino di strada, si sta rivolgendo a

Jep. Il nostro protagonista lo riconosce all'istante e gli va incontro, abbastanza contento di vederlo.

JEP: Egidio bello.

Si abbracciano, sotto lo sguardo indifferente di un buttafuori.

EGIDIO: A stronzo. Saranno trent'anni che nùn te vedo.

Egidio gli stampa un bacio sulla fronte prendendogli il viso tra le mani.

Scena 33. Locale strip-tease. Interno. Notte.

Un motivetto techno-pop, composto di sole due note ossessionanti, ci logora lo stato d'animo.

Il consueto concentrato di tristezza e amarezza che popola questi luoghi. Giovanissime ragazze dell'Est, belle e assenti, sono tutte sedute su una fila di sedie e poltroncine che foderano il locale. In attesa, come si attendeva un treno in una sala di seconda classe.

Altre due, abbracciate a viscidi pali, simulano complicate faccende erotiche.

Un pubblico risicato di turisti russi e orientali e uomini d'affari in trasferta se ne sta accoccolato sotto le ragazze a infilare con parsimonia qualche euro negli slip fosforescenti delle giovani. Di tanto in tanto, furtiva, si compone qualche coppia che svanisce in un retro buio come la pece.

Un cameriere anziano mostra a due giapponesi una bottiglia di champagne. Questi, con garbo, fanno un inchino al cameriere, si voltano e guadagnano l'uscita.

Egidio e Jep, invece, se ne stanno a un privilegiato divanetto rosso circolare, a bere champagne. Piuttosto distanti dallo spettacolo. Alloggiano in quello che un tempo doveva essere, ora non ce n'è più ragione, il *privé*.

Egidio lo guarda con una simpatia appiccicosa. Jep tenta di mantenere le distanze.

JEP: È sempre tuo 'sto posto?

EGIDIO: Per grazia di dio no. L'ho ceduto e so' rimasto come direttore di sala. Ahò, sei diventato importante eh? Te vedo sempre sui giornali de' stronzate. Stai a tutte le feste de' vip. Sempre a letto co' una diversa. E qua nùn te degni de passa' più.

Jep cambia discorso.

JEP: E tu? Ti sei sposato?

EGIDIO: Sposato. Divorziato. In mezzo ho avuto mia figlia Ramona.

JEP: Ma era indispensabile chiamarla Ramona?

EGIDIO: Nùn ce sta 'n cazzo da fa'! Siete fatti così voi artisti. Ti parlo di mia figlia e tu me chiedi perché l'ho chiamata Ramona. Perché, che c'è che non va nel nome Ramona?

JEP *(tentenna)*: Mmm. Niente. È un nome che sottende delle ambizioni.

EGIDIO: Uh, eccola mia figlia.

Egidio indica a Jep il palco. Le ragazze dell'Est si stanno dileguando, inseguite da alcuni turisti. La musica techno-pop lascia il posto a un pezzo sexy-pop, con la voce della cantante che sussurra erotica come durante un amplesso al *ralenti*.

Sul palco compare Ramona. Quarantadue anni. Ancora una bella donna, balla e fa uno strip-tease dalle ambizioni raffinate, che è una pessima imitazione del Crazy Horse. In più, azzarda delle acrobazie che si addicono meglio a una ballerina giovane e professionista. I risultati, dunque, sono abbastanza scadenti. Qua e là, insomma, Ramona tradisce anfratti di goffaggine che fiaccano il desiderio.

Se si aggiunge che il pubblico precedente si è dato alla forsennata ricerca delle ragazze dell'Est, ecco che tocca registrare, con amarezza, che la stentata esibizione di Ramona ha luogo davanti a due soli turisti. Stanchi e perlopiù impegnati a chiacchierare tra loro.

Tutto questo scenario fa incazzare Egidio che si sfoga con Jep.

EGIDIO: La vedi? La vedi? Nùn molla. Quanto me fa' incazza'! Gliel'ho detto mille volte: Ramona, non lo puoi fare più 'sto lavoro. Sei grande. Ora ce stanno 'ste polacche de vent'anni che fanno paura e so' pronte a fa' marchette a ripetizione. Ramona, che io sappia, nùn fa' marchette. Ci ha 42 anni e vuole fa' lo spogliarello raffinato, ma è il mondo che non è più raffinato. Dico bene Jep?

JEP: Dici benissimo Egi'. Ci siamo rimasti io e te, come raffinati.

EGIDIO: Giusto, li mortacci! Ma lei niente. Dice che vuole continuà a fa' 'sto lavoro. Pe' soldi. Ci ha sempre bisogno di soldi e io non ho capito che cazzo ce fa con i soldi.

JEP: Droga?

EGIDIO: Ma magari! Almeno avremmo una passione in comune. Invece non tocca manco 'na birra. Che ce fa' coi soldi è un mistero. Sta sempre senza una lira. *(All'improvviso, cambia direzione.)* Te sembro un poveraccio, Jep?

JEP: Egidio no. Perché dici così?

EGIDIO: Perché io quando parlo mi ascolto e alle volte mi sento proprio un gran poveraccio. Ci ho quasi settant'anni e sono costretto a fa' le sei de mattina tutti i giorni. Da quindici anni ho lasciato perdere la cocaina e sono passato all'eroina. Pensa che stronzo, uno che diventa eroinomane a cinquant'anni. Si può essere più poveracci di me?

Ramona ha terminato il suo numero. Egidio le fa un fischio squillante come quello di un arbitro di serie A. Lei lo vede. Lui le fa cenno di raggiungerla.

EGIDIO: Ma di me non m'interessa. È di lei che m'importa, Jep. Io le voglio bene. Sotto questo aspetto non sono un poveraccio, sono un padre. Come tutti i padri. Preoccupato, in apprensione. Che farà questa tra qualche anno? Mica può fare lo strip-tease a cinquant'anni.

JEP: Ma non ti preoccupare. Le donne hanno sempre un'idea.

Poi Egidio fissa Jep. Gli sta venendo un'idea.

EGIDIO: Ma perché nùn me la sistemi tu Ramona? Qualche amico tuo con un po' di soldi che se vuole sposa' 'na bella donna, non ce l'hai? Al limite le cambiamo nome se questo è il problema. Mi faresti una grandissima cortesia.

JEP *(tra il sorpreso e il risentito)*: Egidio, faccio lo scrittore, non il mezzano.

Sta arrivando Ramona.

EGIDIO: Scusa, so' stato grossolano. Bella de papà, questo è un vecchio amico mio: Jep Gambardella. Dài, fate amicizia 'n attimo tra di voi che devo anna' ar bagno, torno subito.

Egidio si dilegua. Ramona si siede di fronte a Jep. Indossa una specie di vestaglia sul bikini.

Jep è a disagio. Vorrebbe non essere più lì.

Lei se ne sta per i fatti suoi, sulle sue. Non dice nulla. Guarda nel nulla.

Nel frattempo è ricominciato un altro motivetto ossessivo techno-pop.

Jep inizia a guardarla di sottecchi, semplicemente incuriosito da questa maggiorata di altri tempi che se ne sta di profilo, in silenzio, a guardare il nulla. La guarda senza malizia. Piuttosto la osserva e noi con lui, sorprendendoci di come un certo tasso di volgarità possa convivere in questa donna con una dolcezza recondita, segreta, occultata strategicamente da una sofferenza che, al momento, a un primo sguardo, non è decifrabile.

Lei percepisce che lui la sta guardando e crede che la stia scrutando con secondi fini, per cui dice tagliente, con marcato accento romano:

RAMONA: È da quando avevo quattordici anni che mi sono accorta che tutti volevano farmi. Peccato che mio padre si è dimenticato di dirmi che non ne valeva la pena farsi fare da tutti. Quando ho capito 'sta cosa, ho smesso di darmi in giro. Se cerca una ragazza, ce stanno le polacche.

Jep è imbarazzato.

JEP: Non cerco nessuna ragazza. Sono davvero un vecchio amico di suo padre.

RAMONA: Mio padre non ha amici.

JEP: Una volta sì. Quando sono arrivato a Roma, lasciavo che gli altri andassero a dormire per venire qui. Era simpatico suo padre. Mi ha insegnato molte cose sui drink. Per esempio, sosteneva che la vodka era volgare.

RAMONA: Mi' padre sa solo cose che nùn servono a niente.

JEP: Mi ha proposto di cercarle un marito.

RAMONA *(ride beffarda)*: Ci ha la fissazione quello pe' sta cosa, ma io non cerco nessun marito.

JEP: Sbaglia. La famiglia è una bella cosa.

RAMONA: Vero. Il fatto è che io nùn so' portata per le belle cose.

E, in modo inatteso, Ramona si volta per la prima volta a guardare Jep. Senza nessun tipo di sentimento e neanche indifferenza, semplicemente lo guarda.

Jep regge lo sguardo e dissimula un incomprensibile disagio.

Lei continua a guardarlo inespressiva.

Lui, nonostante tutta la sua esperienza, sente crescere quasi un malessere dinanzi a questo sguardo e allora, sospirando, decide di distogliere lo sguardo da Ramona.

RAMONA *(quasi sgarbata)*: Che c'è?

Jep la guarda di nuovo.

JEP: Mi sento vecchio.

RAMONA *(sorride)*: Giovane nùn sei.

Scena 34. Quartiere Coppedè. Esterno. Notte.

Quel motivetto techno di due note ha lasciato il passo a un'unica nota tenuta lunga e reiterata. Sinistra e inquietante come il luogo in cui ci troviamo.

Un lampadario bellissimo. Ma non è una casa, è il lampadario che sta all'ingresso del sinistro, inquietante, stupendo quartiere di Coppedè.

Jep guarda il lampadario mentre passeggia nel cuore della notte vuota e silente. Non ha paura, ma un che di stranito, indipendente dal luogo, lo accompagna.

Scorge la bellezza di Coppedè come se fosse la prima volta. Da un tetto, due grossi gabbiani si staccano gracchiando e si disperdono in un baleno.

Una voce lontana richiama la sua attenzione. Si volta. Abbastanza lontano, un pazzo sta attraversando una strada parlando a voce alta. Jep lo vede.

PAZZO: Sbagliasbagliasbagliasbagliasbagliasbagliasbagliasbaglia.

Svanisce in pochi secondi. Se ne sente un'eco lontana di questa mitragliata di "sbaglia".

Scena 35. Casa. Interno. Giorno.

Sembra un ramo ricurvo e rinsecchito di un albero secolare e invece è un uomo di almeno cento anni.

Immerso nella penombra di un grande salone-studio ricolmo di libri, riviste, appunti, post-it. Affondato in un divano scuro e un respiratore nel naso attaccato a una bombola d'ossigeno. Un ago, ancorato a una flebo, centellina il liquido nutritivo in un braccio macilento, polverizzato dalla vecchiaia. I piedi, nudi e nodosi, scricchiolano su un bel parquet.

Un tavolino è occupato esclusivamente da medicinali, bottiglie di flebo.

Quest'uomo malatissimo, centenario, è l'ultimo

grande maestro del cinema italiano. Pochi capelli radi, macchie della pelle grandi come fette di pane, nèi prorompenti come polpettine fritte. Nonostante la sua condizione, non rinuncia a farsi intervistare da Jep che siede, con taccuino e biro, su una poltroncina di fronte.

E, nonostante l'intasamento di aghi, respiratori e quant'altro, il maestro del cinema preserva un minimo di verve che squilla come un autentico miracolo. Addirittura, nelle sue parole d'esordio, affiora una rabbiosa voglia di rivincita.

MAESTRO: De Oliveira è più vecchio di me e sta girando. Anche io voglio fare un altro film.

Jep lo guarda con tenera ammirazione.

JEP: Cosa racconterebbe in questo nuovo lavoro?

MAESTRO: Dopo quarantasei film in cui, tutto sommato, non ho raccontato nulla di importante, mi piacerebbe finalmente lasciare un piccolo concetto, semplice semplice.

JEP: Maestro, nulla d'importante? Lei ha condizionato l'immaginario di milioni di persone per sempre. Quale concetto vorrebbe far sapere?

MAESTRO: Vorrei dire ai miei spettatori: abbiate rispetto per la vostra curiosità. Assecondatela. Molti la frenano.

JEP: Perché la frenano?

MAESTRO: Perché sono pigri, moralisti, indolenti, scettici e ignoranti.

Jep ha un momento di silenzio. Come se il maestro stesse parlando, senza saperlo, dritto dritto a lui.

JEP: Che cosa è stato il cinema per lei?

MAESTRO: Il cinema è una possibilità di sopravvivenza di fronte alla delusione che offre tutti i giorni la realtà. In verità, è il tempo che, determinando la realtà, la rende deludente. Ma la realtà, se scomposta, frantumata, ripensata, rielaborata, può diventare un grande spettacolo.

JEP: La vita vera, per lei, non offre mai questo grande spettacolo?

MAESTRO: Solo in una circostanza la realtà rivaleggia col cinema.

JEP: Quando?

MAESTRO: Quando irrompe l'amore. Lì, il tempo non batte più con i tempi della realtà.

Jep lo guarda. Ora il maestro è un po' affaticato. Respira pesantemente dentro la mascherina dell'ossigeno. Si sente solo il rumore del suo respiro. Una linea di tristezza pervade Jep mentre lo sguardo del maestro è perso in un nulla indistinto.

Un'infermiera, come un lampo, appare e scompare nel corridoio. Jep l'ha solo intravista.

JEP: Verrà fuori una bella intervista.

MAESTRO: È sempre Dadina la direttrice del suo giornale?

JEP: Sì, è lei.

Il maestro trova la forza di un sorriso nostalgico.

MAESTRO: Abbiamo avuto una relazione burrascosa io e Dadina. Questo accadeva secoli fa.

Jep è sorpreso e divertito da questa rivelazione.

MAESTRO: Dadina era un'amante straordinaria e misteriosa. E il suo mistero mi faceva impazzire di gelosia, naturalmente. Le assicuro che Dadina era una donna che toglieva il sonno ai suoi amanti. Questa, naturalmente, è una confidenza tra noi. Non lo scriva.

JEP: Sono un gentiluomo. È l'unica certezza che ho.

Jep raccoglie la sua borsa, si organizza per congedarsi. Il maestro lancia occhiate furtive alla porta della stanza, come ad assicurarsi che non arrivi nessuno. Poi, sussurra come un ladro:

MAESTRO: Gambardella.

Jep si volta.

MAESTRO: Ce l'ha una sigaretta?

Inizia la musica classica. Dolce e struggente, il concerto per violino del compositore John Adams. Mentre Jep guarda il maestro.

Scena 36. Casa Ramona. Esterno/interno. Giorno.

Il violino accompagna le colline di Formello. Periferia nord di Roma. Delle piccole villette a schiera. Tutte con giardino. Decorose ed economiche. Alcuni, nel fazzoletto di giardino, si sono fatti anche una piccola piscina.

Anche Ramona ha fatto lo stesso. Una piscina economica, ma vera e propria, di pochi metri quadrati. E Ramona se ne sta nell'acqua con gli occhi chiusi riversi verso il sole, ma è immersa in un salvagente di gomma. Le braccia abbarbicate ai bordi della ciambella, tutto lascia pensare che abbia poca confidenza con l'acqua e che non sappia nuotare.

La sua Fiat Panda confina col bordo della piscina. Questo fazzolettino di terra dinanzi alla casa è tutto: giardino, piscina, posto macchina.

La dolcezza del violino sfiora il suo viso bello e deciso.

Apre gli occhi, imbarazzata, si guarda intorno come ad assicurarsi che nessuno scopra che non sa nuotare e scorge, tra le inferriate del cancello della villetta, la sagoma di un uomo. Sulle prime non capisce di chi si tratta. Guarda meglio, mette a fuoco: impalato come un baccalà, Jep Gambardella la sta guardando attraverso il cancello.

RAMONA: Mi sta spiando?
JEP: No, avrei bussato.
RAMONA: Quando?
JEP: Quando sarebbe stata più a suo agio.

Ramona, goffamente, come goffi sono tutti quelli che nuotano col salvagente, si avvicina al bordo della piscina, dove ci sono telefonino e telecomando del cancello. Preme il tasto. Il cancello si apre elettricamente e appare Jep Gambardella con un completo di lino beige da premio.

Jep avanza verso di lei. Un po' impacciato, a dire il vero. Lei lo guarda dall'acqua, con un solo occhio aperto, perché il sole le dà fastidio. Lui arriva a bordo piscina e resta in piedi.

RAMONA: Che è venuto a fa' quaggiù? Mi ha portato il marito?

Ramona ride da sola.

JEP: I mariti sono scomparsi.
RAMONA: E allora che vuole?
JEP *(un po' in difficoltà)*: Niente. Semplice curiosità.
RAMONA: Senta, le ho già detto che...

Ma Jep la interrompe, e anche leggermente alterato.

JEP: Non ho secondi fini, glielo ho già detto. Lei pensa sempre che se un uomo le si avvicina è per venire a letto con lei? Non pensa che potrebbe aver voglia semplicemente di fare conoscenza? Mosso da una sana, banale curiosità umana?

RAMONA *(ci pensa un attimo)*: A me nùn m'è mai capitato.

JEP: Bene. Adesso le è capitato.

Ramona è spiazzata. Riflette. Ancora scettica. Poi dice:

RAMONA: Se è curioso, allora perché non mi chiede se so nuotare?

JEP: Perché è evidente che non sa nuotare.

A Jep scappa da ridere e non riesce a trattenersi. Ride. Pure lei ride, sciogliendosi finalmente di poco.

JEP: Non starebbe più comoda con i braccioli?

RAMONA: Certo, ma m'irritano le ascelle.

JEP: Cosa fa per pranzo?

RAMONA: Vado con mi' padre a trova' mi' madre.

JEP: Dov'è il cane?

RAMONA: Quale cane?

JEP: La gente si compra una villetta così perché vuole il cane.

RAMONA: Avevo un labrador, ma nove anni fa ha preso e se ne è annàto.

JEP: I labrador so' cretini. E pure i cocker.

Jep si guarda intorno, come a monitorare il posto. Ramona lo guarda con l'occhio solo dal basso in alto. Poi dice senza trasporto, solo per educazione.

RAMONA: Vo' veni' pure lei con noi a trova' mi' madre?

Jep è smarrito, preso in forte contropiede. La sua faccia esprime in modo inequivocabile una cosa chiara: NO. E invece dice:

JEP: Sì.

Scena 37. Casolare campagna. Esterno/interno. Pomeriggio.

È tornata su, lirica e prorompente, la musica classica.

Una pianura sterminata, coltivata a broccoli, inondata dal sole basso che tra poco se ne andrà a illuminare l'altro emisfero.

In mezzo alla pianura, china sulla terra, lavora una donna lontana.

In piedi, contro un brutto casolare diroccato, di quelli con la calce a vista, e l'anodizzato alle finestre, un mucchio di resti di un trattore ammonticchiati in un angolo, ci sono Jep, Egidio e Ramona. Guardano la donna nel campo. Loro tre mangiano dell'uva e sputano gli acini. In silenzio.

La donna lascia la terra e avanza verso i tre. Ora possiamo guardarla meglio, questa donna. Sui sessanta, una di quelle persone nelle quali la muscolosità si confonde non tanto col sovrappeso, quanto con una sorta di massa corporea compatta e pesante. Rivela fessure azzurre al posto degli occhi, il viso squarciato dai segni della fatica del lavoro manuale e del sole, le mani intrise di calli, bianche come quelle degli operai. I capelli corti, bianchi e ordinati tradiscono però una vaga vanità metropolitana.

Si avvicina con dei broccoli tra le mani.

Loro la guardano. Silenziosi e intimoriti, soprattutto Ramona ed Egidio. Jep, invece, senza fiatare, appare curioso di studiare gli avvenimenti e il tipo di relazione. Ma pure lui è serio. Questa donna incute, istintivamente, rispetto e timore a chiunque.

Quando è vicina, dice neutra, con forte accento della provincia laziale:

DONNA: Due broccoli per stasera.
RAMONA: Come li fai, mamma?
MAMMA RAMONA: Ripassati.

La donna scavalca i tre e va a sedersi su una seggiola malandata di legno appoggiata al muro del brutto casolare. Si massaggia le grosse gambe doloranti e stanche, striate dalle vene varicose.

Egidio, Ramona e Jep che segue, si avvicinano con un evidente timore reverenziale alla donna.

La donna termina il rapido massaggio ed estrae dal grembiule sporco una sigaretta e un accendino. Se l'accende. Poi dice con un tono fiero e soddisfatto:

MAMMA RAMONA: La prima e ultima sigaretta della giornata.

Egidio e Ramona sorridono a disagio. Come sottomessi e ossequiosi, come se non avessero alcun tipo di confidenza con questa donna. Jep segue con sommo interesse le dinamiche. Il sole sta tramontando, dritto dritto contro il viso della nostra contadina. Lei chiude gli occhi come a prendersi l'ultimo sole, mentre gode di ogni boccata di sigaretta.

MAMMA RAMONA: Avete sentito che aria buona?

Ma non attende nessuna risposta. Infatti, va avanti senza pause, con gli occhi sempre chiusi.

MAMMA RAMONA: La vita fatta di poco e niente. Questo è il bello.

Butta la sigaretta a terra. Senza guardare.

MAMMA RAMONA: E poi, come tutti i giorni, a letto alle nove e sveglia alle cinque.

Di colpo, spalanca e solleva le fessure azzurre e penetranti sui nostri. Produce un misterioso, inatteso sorriso e dice con uno strano tono furbetto:

MAMMA RAMONA: È questo, il ritmo dell'amore.

Ramona ed Egidio non capiscono. Jep guarda la donna e a stento dissimula uno stupore intimo. Oppone un pudore.

Scena 38. Ristorante. Interno. Sera.

Un ristorante bello ed elegante. Jep, disinvolto come sempre. Ramona ha messo su una divisa stonata col luogo. Il suo concetto di eleganza per altri può chiamarsi pacchiana volgarità. Ma questa cosa lascia indifferente Jep.

Il famoso cantautore Antonello Venditti, da un tavolo dove sta mangiando in solitudine, scorge Jep.

ANTONELLO VENDITTI: Ciao Jep.

JEP: Ciao Antonello.

RAMONA: Tu conosci Venditti?

JEP: Io conosco tutti.

RAMONA: È una bella soddisfazione conoscere tanta gente.

JEP: È una garanzia d'infelicità.

RAMONA: Ti ha deluso la gente?

JEP: *(allegro, con ironia)*: No, Ramona. Io sono stato deludente.

Jep e Ramona percepiscono una figura vicino al loro tavolo. Jep pensa al cameriere e solleva lo sguardo pronto per ordinare qualcosa, ma non è il cameriere. È, invece, Andrea, il figlio "problematico" di Viola. Barba lunga come quella di un santone, occhi spiritati, fissa Jep. Questi è sorpreso di vederlo.

JEP: Andrea! Stai con mamma?

ANDREA *(imbambolato)*: Sta parcheggiando.

JEP: Come stai caro?

ANDREA *(serio come un folle)*: Male. Proust scrive che la morte potrebbe coglierci questo pomeriggio. Mette paura, Proust. Non domani, non tra un anno, ma questo stesso pomeriggio, scrive.

JEP *(leggero, ironico)*: Intanto adesso è sera. Dunque, il pomeriggio comunque si tratterebbe di domani.

ANDREA: E poi Turgenev: "La morte aveva gettato il suo sguardo su di me, notandomi".

JEP: Andrea, non li prendere troppo sul serio gli scrittori.

ANDREA: Se non prendo sul serio Proust, cosa devo prendere sul serio?

JEP: Nulla, Andrea. Non devi prendere niente sul serio. Eccetto il menu, naturalmente.

E Jep ridacchia. Andrea è impassibile e serio come un'alta carica delle forze armate. Jep lo subisce e si fa goffamente paterno.

JEP: Insomma, Andrea, le cose sono troppo complicate per consentire a un singolo individuo di capire.

ANDREA: Il fatto che tu non abbia capito non significa che nessuno possa capire.

RAMONA *(divertita, a Jep)*: E mo' te voglio vede'!

Jep allarga le braccia sconsolato.

JEP: Andrea, come diceva Nando Martellini: uno a zero per voi.

Ramona ridacchia. Jep pure. Andrea, serissimo, occhi da posseduto, inchioda Jep con lo sguardo. Sopraggiunge Viola, la madre di Andrea. Sobria e chic. Sorpresa di vedere Jep. Si salutano col bacio. Jep presenta Ramona a Viola. Si stringono la mano. Viola, di nascosto, per un attimo, sbircia la *mise* discutibile di Ramona. È stupita di vedere Jep in compagnia di questo tipo di donna, ma Viola sa stare al mondo e occulta bene la sua sorpresa.

VIOLA: Andrea, comincia a prendere il tavolo.

Andrea, come un automa, si allontana verso il cameriere. Viola s'intrattiene per un istante al tavolo di Jep.

VIOLA *(alludendo al figlio)*: Come lo hai trovato?

Jep, imbarazzato, tenta di organizzare una risposta diplomatica, ma Viola non gli dà il tempo. Si dà la risposta da sola.

VIOLA: Meglio no? Sta molto meglio Andrea, e io sono così contenta. Ci vediamo giovedì, Jep, a cena da me?

JEP: Va bene, giovedì sono inspiegabilmente libero.

VIOLA: Hai saputo di Valentina Lemme? È venuto fuori che sta col personal trainer da mesi.

JEP: Ma va'! Non si vede proprio.

VIOLA: Pensavo di invitare anche lei.

JEP: Sei sicura, Viola? Quella è cattiva come il demonio.

VIOLA *(sinceramente sorpresa)*: Ma veramente?! Chi l'avrebbe detto! L'incontro sempre a yoga. Comunque, a giovedì.

Seguono fugaci saluti tra i tre. Poi, entrano nel ristorante un uomo e una donna. Entrambi di mezz'età. Lui è un prete e lei è una suora. Jep intima a Ramona:

JEP: Guarda bene, ma non ti fare accorgere che stai guardando.

Così, Jep e Ramona prendono a sbirciare questi due. Il prete parla col cameriere. Gli viene dato un tavolo. Il prete si fa molto galante con la suora. La fa sedere, accomodandole la sedia. Poi siede anche lui. Senza aspettare il cameriere, estrae un accendino e accende una candela che è sul tavolo. Sussurra una cosina alla suora. Lei ride frivola mettendosi una mano davanti alla bocca. Passa il cameriere e il prete gli intima con sicurezza:

PRETE: Champagne. Cristal, se ne avete.

Jep e Ramona si guardano.

JEP: Tu non puoi immaginare quanto sia istruttivo vivere circondato da un coacervo di istituti religiosi.

Scena 39. Casa. Interno. Giorno.

Una banale stanza di un adolescente, arredata in stile anni Ottanta.

Nel silenzio, tra la scrivania e l'armadio, un ragazzo di sedici anni, solo le mutande indosso, esegue dei palleggi funambolici con un pallone di cuoio. È di una bravura sconcertante. Ferma il pallone sul piede, riprende con le cosce, lo ferma sulla testa, riprende, fa decine di colpi di tacco, senza che la palla tocchi mai terra. Uno spettacolo che lascia a bocca aperta. Lancia il pallone in aria, si china in avanti e lo blocca sulla nuca. Resta così per un attimo, come se potesse starci tutta la vita, in questa posizione.

Scena 40. Casa Jep. Terrazza. Esterno. Notte.

Ramona se ne sta comodamente sdraiata, con una birra in mano, su uno dei divani della terrazza. Jep siede su un altro divano, di fronte, e sorseggia un gin tonic. Fissa divertito Ramona, e poi dice:

JEP: Dunque, mi stai dicendo che questa è stata la tua prima volta.

RAMONA: Sì. Lui pensò di essere stato niente de che, a letto. Troppo veloce, disse. Allora, forse per rabbia, pe' se sfoga', si mise a palleggiare col pallone come un forsennato. Per un'ora.

JEP: E tu?

RAMONA: A me non piacque fa' l'amore con lui. Però vederlo esibirsi col pallone, madonna santa, quella sì che fu una cosa indimenticabile. Lo sai che poi è diventato bravissimo? Ha giocato in Nazionale.

Jep ride. Anche Ramona ride. Poi, Jep si fa moderatamente serio.

JEP: Tuo padre m'ha detto che spendi tutto quello che guadagni. A me lo puoi dire: che ci fai coi soldi?

Ramona si fa seria. Riflette. Cerca la risposta migliore.

RAMONA: Un giorno, forse, te lo dirò. Tu perché non hai mai più scritto un libro?

Jep si alza in piedi, ciondola per la terrazza col gin tonic in mano e una sigaretta nell'altra.

JEP: Perché sono uscito troppo la sera.

Jep butta un occhio nel terrazzo del vicino. Tutto immobile. Le tapparelle abbassate fino a terra. Probabilmente, il vicino non è in casa. Spalle a Ramona, Jep dice:

JEP: Roma ti fa perdere un sacco di tempo. Ti deconcentra. E scrivere richiede molta concentrazione. E tanta calma.

RAMONA: Nùn me pare 'na gran risposta. E comunque, qui ce sta tutta la calma che vuoi. Me pare de sta' a Fiuggi.

Jep sorride, con un che di beffardo.

JEP: Ero uno scrittore da scatto breve. Un centometrista. Col fiato corto.

RAMONA: Ahò, m'hai fatto raccontà' la mia prima volta ma tu zitto. Ora tocca a te.

Jep guarda il panorama. Non ha bisogno di scavare nella memoria, perché si ricorda tutto. E, mentre racconta, si emoziona in progressione.

JEP: Su un'isola, agosto, in vacanza, io avevo diciotto anni. Lei venti. Era notte. Al porticciolo. Sotto il faro. Io provai a baciarla. Lei si girò dall'altra parte. Io ero deluso. Lei tornò a guardarmi. Aveva l'odore dei fiori. Mi sfiorò le labbra. Io non mi muovevo, non avrei potuto muovermi. Poi lei fece un passo indietro e mi disse…

Ma non ce la fa ad andare avanti, Jep. Si blocca. Deglutisce. Si è commosso. Ci riprova.

JEP: Lei fece un passo indietro e mi disse…

Ma non ce la fa. Ramona lo sta guardando. È un bel momento. In silenzio. Jep fa un tiro dalla sigaretta. Guarda le cupole delle chiese e non parla. Un moto di tenerezza attraversa Ramona, ma resta lì sul divano, a guardarlo. Poi Ramona risolve l'*impasse* imbarazzata.

RAMONA: Adesso vado a casa, si è fatto tardi.

Jep, ancora vittima dell'emozione precedente, dice di getto:

JEP: Domani ti andrebbe di venire a una festa con me?

Ramona lo fissa. Lui ancora con gli occhi a Roma.

RAMONA: Tu t'annoi con me. Io so' normale. Con tutte le matte che conosci perché proprio io?

Questa volta, Jep ha una risposta convincente.

JEP: Un giorno, forse, te lo dirò.

Scena 41. Casa. Interno. Notte.

La suspense di un rullo di tamburi. Tutti in attesa, in questa bellissima casa privata così ampia che sembra un museo. Popolata di famose, meravigliose opere d'arte contemporanea. Un muro umano in abiti da sera. Uomini e donne, tutti molto eleganti, con diverse, diffuse punte di stravaganza, come si confà all'ambiente di coloro che si occupano d'arte contemporanea. Alcuni sembrano stranieri, del Nord Europa. C'è anche qualcuno di colore. Guardano tutti, molto seri, di fronte a loro, in un unico punto.

In questo muro umano possiamo riconoscere anche Lello Cava, Viola, Romano e la ragazza esangue.

Ma cosa guardano tutti? Guardano Trumeau, la moglie di Lello, appoggiata a un pannello di legno ricoperto da una tela bianca di tre metri per due. Trumeau è tesa e immobile. Pietrificata da una paura che ha incanalato dentro un'encomiabile dignità.

E, di fronte a lei, c'è un uomo piccoletto a torso

nudo, con dei coltelli in mano. Le punte dei pugnali sono imbevute di pittura azzurra.

Lello Cava non resiste alla tentazione della battuta.

LELLO CAVA: Geronimo, se sbagli, te lo pago il triplo.

Tutti ridono, tranne Trumeau e Geronimo, ovvero il lanciatore di coltelli.

Rullo di tamburi all'apice. Le risate svaniscono di colpo, quando Geronimo, senza preavviso, lancia il primo coltello vicinissimo al corpo di Trumeau.

"Oh" di sorpresa collettiva fanno da corollario al lancio di coltelli. E poi via via, Geronimo lancia i coltelli sul pannello intorno al corpo di Trumeau. La pittura azzurra inizia a colare in basso dai coltelli.

Trumeau, immobile, si è limitata a chiudere gli occhi per non morire di terrore. Geronimo, a ritmi indiavolati, ne lancia una trentina, di coltelli, a circoscrivere il corpo della donna grassa.

Una volta terminato il lancio, Geronimo alza gli occhi al cielo in segno di vittoria. Parte un applauso poderoso.

Il proprietario di casa, Lillo De Gregorio, basso, grassoccio, capelli lunghi, occhi neri sporgenti e circoscritti da un rimmel nero, un'orgia di anelli d'argento alle dita, si stacca dal muro umano e urla verso Geronimo con voce querula e garrula.

LILLO DE GREGORIO: Sommo, sommo, sommo, hai deciso che ci vuoi far morire stasera?

Tutti applaudono, mentre si disperdono nel salone della festa in cerca di qualcosa da bere e da mangiare. Mentre un quartetto di musicisti, in smoking, in un angolo del maestoso salone, prende a suonare *Taboo*, una dolce, avvolgente rumba del 1941.

Lillo, Lello e Geronimo si avvicinano a Trumeau, che tira un sospiro di sollievo.

Trumeau lascia la postazione e Geronimo inizia a scardinare i coltelli.

Ora, succede che la pittura, scendendo in rivoli sulla tela, sta componendo una sagoma umana che richiama proprio le forme di Trumeau. Insomma, una nuova tecnica di ritratto. Tanto che Lello Cava dice alla moglie:

LELLO CAVA: Sei contenta teso'? Ti somiglia assai. Gran lavoro, Geronimo. Lo mettiamo in salone 'sto capolavoro.

Con un coltello, Geronimo sta firmando l'opera d'arte in basso a destra.

LILLO: Geronimo, mi hai commosso. Nell'intimità remota mi hai commosso. Dopo ti presento Herbert

Marx. Ti deve portare a Zurigo. Tu ti meriti Zurigo.

GERONIMO: Grazie Lillo.

Ma mentre dice queste parole, Lillo scorge un suo cameriere in divisa che gli fa un cenno. Fende la folla e, trafelato, fa per raggiungere il cameriere.

Mentre avanza, intercetta una coppia che stona con l'ambiente. Sono un marito e moglie di mezz'età, che hanno fatto del loro meglio per vestirsi bene, ma tradiscono incertezza e origini basse da tutte le parti. Lillo, senza fermarsi, li apostrofa frettoloso.

LILLO: Tenetevi pronti che tra un po' tocca a voi.

L'uomo risponde ossequioso, con un fortissimo accento della Basilicata.

UOMO: Certo dottore, certamente.

Stacco

In un ingresso ampio quanto il salone, anch'esso occupato da opere d'arte, Lillo vuole aprire direttamente lui la porta perché sull'uscio c'è il re dei mondani, Jep Gambardella, giacca e cravatta perfette, in compagnia di Ramona. Il cui concetto di eleganza, diciamolo, lascia molto a desiderare.

Lillo, non appena vede Jep, si sdilinquisce come se fosse arrivato un capo di Stato.

LILLO: Che Dio ti benedica, Jep. Se non arrivavi, la serata sarebbe stata un fallimento.

JEP *(orgoglioso e superiore)*: Lo so. Lei è Ramona.

Lillo si apre in un sorriso falso e imponente. Esegue un perfetto baciamano a Ramona.

LILLO: Che creatura irripetibile e meravigliosa.

RAMONA *(a Jep)*: Ma che me sta' a pija' pe' culo?

JEP *(serio)*: Difficile da capire.

LILLO: Sono sincerissimo, Ramona. Spiace che avete perso Geronimo D., l'artista che fa i ritratti lanciando coltelli intrisi di pittura.

JEP: Ce ne faremo una ragione.

LILLO *(ride)*: Prego, accomodatevi.

Lillo si disperde, allegro ed eccitato come un demente. Jep prende sotto braccio Ramona e scivolano nella festa. Ramona non ha serbato un buon ricordo di Lillo.

RAMONA: Ma chi è 'sto stronzo?

JEP: Lillo De Gregorio. Il più grande collezionista d'arte contemporanea di questo paese di debosciati. Padre stronzo e costruttore di prim'ordine, madre stronza e nullatenente, lui unico figlio e unico erede. Un coglione che deambula. "Buonasera contessa."

E senza soluzione di continuità, Jep bacia la mano a una contessa di ottant'anni che ha appena incrociato, accompagnata dal marito coetaneo e molto malandato.

CONTESSA: Ciao Jep. Ti trovo in gran forma.

JEP: Grazie. Sarebbe bello poter dire lo stesso del conte.

Ramona allibisce, mentre constata che Jep e la contessa ridono a crepapelle per la battuta.

Stacco

In cucina. Un pesante vassoio d'argento piomba con strepitosa violenza sulla schiena di un cameriere filippino in divisa. L'autore del violento gesto è Lillo De Gregorio. Il filippino scappa e si appiattisce contro un muro insieme ad altri camerieri e cameriere in preda al terrore.

Ora Lillo non ha più quel fare mellifluo, caloroso e leggermente effeminato che ha mostrato prima con gli ospiti. Ora è una belva volgare e inferocita. E si scaraventa con rara violenza verbale contro il cameriere.

LILLO: Testa di cazzo, ma che hai servito il Brut dolce da otto euro? Ma che stai alla festa di tuo cugino sotto le palme? Pezzo di merda. Pezzo di merda. Pezzo di merda. Esci immediatamente col Cristal per smentire. Io non ti faccio revocare il permesso di soggiorno. Io ti faccio revocare il permesso di vivere. Hai capito, pezzo di merda? Dove sta quel rincoglionito del maggiordomo?

Stacco

In un corridoio della casa. Un maggiordomo anziano, affetto da un principio di Parkinson per via di una mano che tremola vistosamente, avanza lungo il corridoio con un vassoio colmo di bignè.

Più avanti, nascosti dietro le colonne del corridoio, quattro bambini di undici anni, con l'aria furbetta, hanno teso un filo di nylon trasparente da un lato all'altro, sollevato da terra di venti centimetri.

Il maggiordomo avanza e non si accorge del filo, v'inciampa e termina a terra con un urlo.

Il vassoio con i bignè gli salta dalla mano.

Stacco

Il quartetto di musicisti presenta una clamorosa, ballabilissima cover di *There Must be an Angel* degli Eurythmics. Gli ospiti ballano divertendosi in modo esagerato.

Romano balla con l'esangue, ma questa guarda, al di sopra della spalla di Romano, un biondo nobile e scemo. Romano se ne accorge e abbozza deluso.

Viola ride e balla contenta.

Lillo De Gregorio fa volteggiare Trumeau, la sua leggerezza nel ballo non finisce di stupire. Lello Cava, gli occhi in procinto di cadere, agguanta in un ballo selvaggio una graziosa, anemica, morente top model con velleità artistiche.

Ramona balla e ride nel vedere Jep che possiede una padronanza dei passi stupefacente.

Ma Lillo De Gregorio tradisce ansia. Sudato come un generale in prima linea, lascia Trumeau e fende la folla veloce, seguito dalla coppia della Basilicata, ancor più ansiosa di lui. Lillo e la coppia sfociano in una parte della casa decontaminata di ospiti. Spuntano in un corridoio e allibiscono quando scorgono il seguente spettacolo: i quattro bambini se ne stanno a terra, pacifici come degli asceti, a mangiarsi i bignè.

Poco lontano, il maggiordomo anziano, sdraiato sul pavimento, si tocca un'anca così dolorante da avergli procurato lacrime di dolore. Ma Lillo e la coppia della Basilicata ignorano il maggiordomo e puntano i bambini per redarguirli.

LILLO: Ma siete dei deficienti. Mi state distraendo l'artista.

FIGLIO LILLO: Papà, ci stiamo divertendo. Alfio è caduto.

LILLO *(ad Alfio, il maggiordomo)*: Dopo facciamo i conti con te, Alfio.

I due della Basilicata si avvicinano a una bambina che stava mangiando i bignè. Deve essere la loro figlia. La madre si accoccola vicino a lei e le dice con tono gentile:

MADRE BASILICATA: Carmelina, dovresti venire di là a esibirti. Dopo torni a giocare.

CARMELINA: Mamma, non mi va. Voglio rimanere qui a giocare.

LILLO *(rivolto all'uomo)*: È impazzita questa piccola, maledetta creatura?

PADRE BASILICATA: Adesso risolviamo.

Ma Carmelina s'impunta, decisa.

CARMELINA: Non voglio venire. Voglio stare qui.

Il padre ha uno scatto d'ira. Strattona la moglie e si para di fronte alla figlioletta. Faccia a faccia, in un'aria di confronto serio e serrato.

PADRE BASILICATA: Carmelina, ma ti rendi conto di quello che dici? Là fuori ci sono i più importanti galleristi d'Europa. Se tu fai vedere quello che sai fare, la nostra famiglia diventerà una famiglia felice.

CARMELINA: Ma io sono già felice. E poi io voglio fare la veterinaria.

Alla parola "veterinaria" Lillo elargisce un moto di disgusto che ci fa ridere. Un istante dopo, con un cenno d'inaudita serietà, Lillo intima ai suoi tre figli di andar via. E loro vanno via, diligenti e militarizzati.

LILLO: Hai visto, Carmelina? I miei figli sono andati a dormire. È tardi per loro. Tu vieni di là con noi, su.

CARMELINA: Allora anch'io vado a dormire. Anche io sono una bambina.

Ma a questo punto il padre di Carmelina non contiene più la rabbia. Molla un ceffone alla piccola di una violenza sconvolgente.

Silenzio totale, rotto solo da uno strano tintinnio del quale ignoriamo l'origine.

Carmelina non piange. Si alza e, senza fiatare, va dietro ai genitori e Lillo. Abbandonano il corridoio.

Nel corridoio rimane solo la sagoma sdraiata e dolorante di Alfio. Piange per il dolore e per tutto il resto, dimenticato da tutti. Quel tintinnio è la fede nuziale della sua mano tremolante che urta a intermittenza a terra.

Taglio

Nel bel giardino della casa. La ragazza esangue, impassibile, ascolta Romano che, impegnatissimo, sta recitando come il più tremendo degli attori.

ROMANO: "Questo amore blasfemo, questo amore corrotto, atonale, sussiegoso, polifonico, elegiaco, diaconale, postulatorio, insomma, in una parola, questo amore ineligibile. *(Salta di lato, fa la voce da donna, recita un altro personaggio.)* Perdonami, non avevo capito che mi amassi fino a questo punto. C'è dell'oscenità nella mia ignoranza. *(Recita di nuovo il personaggio maschile.)* Come vedi, ti adoro con semplicità. Lasciami patrocinare il nostro amore." *(Ritorna se stesso e chiede all'esangue:)* Che dici? Ti piace l'attacco del secondo atto?

Lei lo osserva inespressiva, come se fissasse uno spinterogeno. Poi dice atonale:

ESANGUE: Ma che merda hai scritto?
ROMANO: Dici che ci devo ancora lavorare?
ESANGUE: Dico che è una merda. E la merda non si lavora. Si scarica.

Romano resta di sasso, delusissimo. Un urletto acuto proviene dall'interno del salone. L'esangue e Romano si voltano verso la fonte sonora. L'esangue si avvia dentro. Romano rimane fuori. Guarda nel nulla.

Per la prima volta, ha un atteggiamento affaticato, rinunciatario.

Taglio

Con una rabbia preistorica e brutale, accompagnata da un altro urletto stridulo, Carmelina scaraventa un barattolo di pittura contro un muro.

Il viso rosso dalla fatica e il segno bianco delle cinque dita del padre sulla guancia. Come posseduta dal demonio, Carmelina dipinge con le mani su un muro bianco del salone lungo sei metri. Scaraventa altri barattoli di pittura, divorata da una fretta che assomiglia a una trance artistica, facendoci emozionare, impiastriccia i colori sul muro, rifinisce con le piccole dita.

Gli ospiti si sono disposti a semicerchio, in un silenzio religioso, e contemplano l'arte magistrale di questa bambina pittrice.

Sembra Pollock, ma qualche esperto sussurra che è molto meglio di Pollock.

Lillo guarda estasiato e chiude gli occhi, come se ascoltasse una sinfonia alla Scala. La sinfonia è il soffio rumoroso delle dita della bambina che strusciano contro la parete, come scie sicure di un motoscafo.

Ogni tanto, Carmelina interrompe per scaraventare, con quell'urletto arcaico, altri barattoli di pittura contro la parete.

È uno spettacolo. Un vero, grande spettacolo. Sono tutti a bocca aperta. Imbambolati.

Carmelina va avanti. Come un'ossessa, vittima di un esorcismo artistico, gli occhi spiritati, la lingua fuori, all'angolo della bocca, sparge bracciate di pittura, ora tutta sudata, con i vestitini zuppi e sporchi di centinaia di colori.

La gente non crede ai propri occhi, perché il dipinto sta prendendo forma ed è meraviglioso. È un evento che possiede il dono dell'eccezionale.

I genitori di Carmelina hanno le lacrime agli occhi. La madre ha sul braccio dei vestiti di ricambio per la figlia.

Carmelina continua a dipingere, come una pazza. Intorno ai suoi occhi, però, compaiono delle lacrime. È esausta, stanca, infelice. Ma nessuno se ne accorge. Sono tutti concentrati sul quadro e la sua esecuzione geniale.

Solo una persona si accorge che Carmelina sta piangendo. È Ramona che, addolorata, sussurra a Jep:

RAMONA: Jep, perché non ce ne andiamo?

Jep non capisce. Allora prende a seguire la direzione dello sguardo di Ramona, che termina sugli occhi piangenti di Carmelina. Adesso, Jep capisce.

JEP: Sì, Ramona, andiamocene.

E, silenziosi, nell'indifferenza di tutti che sono ipnotizzati dall'esibizione della bambina pittrice, Jep e Ramona sfilano via.

Lasciano il salone e approdano nell'ingresso enorme. Deserto, tranne un uomo, che se ne sta appoggiato a uno stipite vicino a un camino. Completo blu. Un uomo normalissimo, sui quarantacinque, dall'aria impiegatizia. Lui non guarda Carmelina, guarda il camino spento nel quale, furtivamente, per liberarsene, qualcuno deve aver buttato un intero piatto di orecchiette con le cime di rapa. Jep lo conosce e gli si avvicina. Ramona lo segue.

JEP: Ciao Stefano.

Stefano si volta con un'aria triste e regala a Jep un sorriso altrettanto triste.

STEFANO: Ciao Jep.

Stefano riprende a guardare il camino. Jep lo affianca.

Fissano senza emozioni le orecchiette con le cime di rapa nel camino. Jep, con un sorriso:

JEP: Il catering è molto peggiorato.

Stefano sorride e, con un cenno del capo che allude a tutto ciò che avviene nel salone, dice:

STEFANO: Roma è molto peggiorata.
JEP: In modo verticale. Hai la borsa con te?
STEFANO: Ce l'ho sempre con me.

E con un altro cenno del viso, indica a Jep e Ramona, una grossa borsa rigida, di pelle, in un angolo. Jep s'illumina di gioia.

JEP: Ti va?
STEFANO: Sempre meglio che stare qua.

Jep è radioso per la risposta. Si volta verso Ramona.

JEP: Ramona, vorresti vedere com'è fatta la bellezza?

Ramona non sa cosa rispondere. Stefano sorride. Jep sorride.

Sta cominciando uno dei più begli esempi di musica sacra mai composti. È *The Lamb*, di John Tavener.

Scena 42. Palazzi nobili. Esterno/interno. Notte/alba.

La musica soave approda in questa scena.

Stefano apre la sua borsa rigida. È divisa in scomparti rigidi, quadrati e ordinati e in ognuno di essi ci sono dei mazzi di chiavi. Ne prende uno. Richiude la borsa.

Il famoso spioncino del palazzo dei Cavalieri di Malta, attraverso il quale s'incastona alla perfezione, la vista della cupola di San Pietro.

Stefano infila una chiave in quello spioncino. Dà le pesanti mandate e apre il portone.

Sotto gli occhi di Ramona, Jep e Stefano, si spalanca l'ineguagliabile bellezza illuminata di San Pietro.

Stacco

Stefano apre con chiavi antiche, ingombranti, un altro portone.

JEP *(a Ramona)*: Stefano, per lavoro, possiede le chiavi dei più bei palazzi di tutta Roma.

RAMONA *(con discrezione, a bassa voce)*: Fa il portiere?

JEP *(sorridendo)*: No, non fa il portiere.

Entrano in un interno. Buio. Stefano si presenta con un candelabro acceso, sormontato da decine di candele.

Avanzano in un salone meraviglioso di palazzo Odescalchi.

Il candelabro illumina, per squarci, arredi favolosi, cornici scintillanti, cupi dipinti, bianche sculture di donne.

E ancora, sotto gli occhi estasiati dei nostri, sfilate di bellezza: scalinate elicoidali, sinistri colonnati, labirinti di siepi, volte minacciose, arazzi, sontuosi troni porpora, resti di maestose sculture. Tutti illuminati per repentine sciabolate di luce al passare del candelabro.

Palazzo Barberini.

La mano di Stefano apre.

Coadiuvati da un altro candelabro, ancor più imponente, avanzano.

La musica sacra raggiunge vette che fanno ammutolire.

Antiche cappelle decorate, maestosi lampadari grondanti preziosi cristalli, sequenze inarrivabili di dipinti che hanno fatto la storia dell'arte, fino a fermarsi a ciò che t'impone di fermarti, per forza. È apparsa *La Fornarina* di Raffaello, che offre senza pudore e, al contempo, con impressionante candore, i suoi seni nudi a chi si trova a passare.

Jep, Ramona e Stefano contemplano imbambolati, sopraffatti, il dipinto. Stefano fa per allontanarsi. Ramona lo segue. Jep, invece, rimane inchiodato a vedere questo dipinto. Contempla il viso, il seno della donna ritratta e, nella penombra, ci sembra di scorgere un luccicore nei suoi occhi. Un luccichio nitido, doloroso.

Più distante, Ramona, intimidita, si decide a chiedere a Stefano:

RAMONA: Ma com'è che hai tutte 'ste chiavi?

Stefano, allusivo, vagamente femmineo, sorride.

STEFANO: È una cosa di uomini.

Albeggia ormai, mentre i nostri si perdono languidamente tra le geometrie dei giardini di Villa Medici.

Scena 43. In auto. Interno. Alba.

Forse un angelo dei giorni nostri: Andrea, il figlio di Viola, è alla guida di un'automobile. Silenzioso e concentrato. Guarda avanti.

La musica sacra lo attraversa, ma lui non può sentirla.

Pigia sull'acceleratore. Gli occhi come ipnotizzati. Ci sta salutando, alla maniera sua.

Vista dall'esterno, l'automobile di Andrea schizza su una salita che possiede le involontarie prerogative del trampolino. La sua auto compie un volo considerevole e quando atterra, lo fa nella discarica di Malagrotta. Il tonfo violento dell'auto nella discarica fa immediatamente alzare in volo centinaia di gabbiani e altri rapaci che, per lo spavento, abbandonano la cuccagna.

La musica sacra si blocca di colpo. Resta solo il silenzio della perduta periferia di Malagrotta e, remoti, i versi degli uccelli che già sono alla ricerca di un altrove.

Scena 44. Negozio lussuoso di abiti. Interno. Giorno.

Spadroneggia, qui, un minimalismo degli arredi, da lasciare sgomenti. È un negozio, questo, dove gli abiti costano come delle Maserati e, di vestiti, se ne possono vedere al massimo una decina in tutto il negozio, pendenti come i cadaveri del boia, illuminati e valorizzati come se ci trovassimo in una di quelle gallerie d'arte moderna dove aleggia un lussuoso, vago odore di fine del mondo.

Oltre l'asettico, c'è questo negozio.

Led bianchi potentissimi proiettano sciabolate feroci e improvvise di luce opalescente.

Le commesse, eleganti come nobildonne giapponesi, hanno tutte i capelli rigorosamente tirati indietro, sono di una magrezza sconsolante e indossano uguali tailleur stilizzati che confinano col concetto di muta da sub. Se ne stanno ai quattro punti cardinali del negozio, come a piantonarlo.

In fondo al negozio, da solo, Jep, un completo arancione immettibile per chiunque ma non per la sua straordinaria capacità di nobilitare qualsiasi abito, siede su una panca lucida di metallo. Nessuno intorno a lui, per cui abbiamo l'impressione che parli da solo.

Ha assunto un inconsueto tono pedagogico. Dunque, spiega a nessuno.

JEP: Molti pensano che un funerale, in virtù dei suoi aspetti emotivi ed emozionali, sia un evento casuale, privo di regole. Non è così. Il funerale è l'appuntamento mondano *par excellence*. Tutto deve essere calibrato. Perché molti sono gli occhi che si posano su di noi. A un funerale, non bisogna mai dimenticarlo, si va in scena.

Entra in scena, da una porta che non pare una porta perché completamente incorporata in un muro alle spalle di Jep, Ramona. Finalmente, è elegante. Indossa un bellissimo abito nero e sobrio. Deduciamo che dietro quella porta invisibile c'è un camerino.

Lei appare a Jep, per lasciarsi vedere. Lui, senza interrompere il filo della sua lezione, la guarda e dice senza entusiasmi:

JEP: Bello, ma proverei anche l'altro.

Ramona scompare nuovamente dietro quella porta. Jep continua senza interruzioni.

JEP *(di seguito)*: È rigorosamente vietato mettersi in fila o nel mucchio per le condoglianze ai parenti. Con pazienza, si attende che i parenti siano liberi dalla calca. Solo a quel punto, accertatisi che la platea sia seduta, si possono fare le condoglianze. In questa maniera, tutti ti possono vedere. Si prendono le mani del sofferente. Si appoggiano le proprie mani sulle sue braccia, per rincuorarlo. Si sussurra all'orecchio una frase sicura, detta con autorevolezza. Per esempio: "Nei prossimi giorni, quando ci sarà il vuoto, sappi che puoi contare sempre su di me".

Il pubblico si chiederà: cosa sta dicendo Jep Gambardella?

Esce, con un nuovo vestito nero, Ramona. Jep, sempre con lo stesso tono della sua lezione, solleva lo sguardo su Ramona.

JEP: Questo è decisamente il vestito giusto. È permesso raccogliersi da soli in un angolo, come a meditare sul proprio dolore.

Ramona rientra in camerino.

JEP *(di seguito)*: A questo punto è richiesta un'ulteriore abilità: il luogo scelto deve essere allo stesso tempo isolato, ma ben visibile dal pubblico.

Stacco

Sul primo piano di Ramona in camerino. Immobile, inespressiva, fissa il suo viso nello specchio, mentre ascolta le parole di Jep che provengono dall'esterno.

VOCE JEP *(di seguito)*: Inoltre, una buona recita è tale quando è scevra da qualsiasi ridondanza. Dunque, regola fondamentale, a un funerale non bisogna mai piangere. Perché non si deve mai rubare la scena al dolore dei parenti. Questo, non è consentito. Perché è immorale.

L'inespressività, sul suo viso truccato, si è via via trasformata in una sorta di tristezza assortita con una specie di sconsolazione inesorabile.

Scena 45. Chiesa. Interno. Giorno.

Molti i convenuti al funerale di Andrea. La gente in piedi tra le panche. Una piccola calca di persone fa capannello intorno a Viola, distrutta dal dolore. A turno, le fanno le condoglianze.

La calca si disperde, il tramestio rumoroso svanisce, la gente torna a sedersi. A quel punto, nel silenzio, un uomo in completo e cravatta nera si alza in piedi.

È Jep Gambardella. Lo sguardo basso, una serietà immane e trattenuta, avanza sicuro e con passo regolare lungo la navata. I tacchi delle sue scarpe sono l'unica cosa che risuona in questa chiesa ammutolita. Sta andando da Viola.

La gente lo guarda. C'è anche Stefania, molto piangente, che lo guarda. Lo guarda Romano, accompagnato dall'esangue che, distratta, si mangia le unghie. Lo guardano Dadina, Lello Cava e Trumeau. E lo guarda Ramona.

Jep raggiunge Viola e dà luogo al copione. La bacia. Le prende le mani. Poggia le sue mani sulle sue braccia. Le sussurra una cosa all'orecchio. Viola annuisce con gratitudine. Tutti gli sguardi per Jep Gambardella.

Poi fa per tornare al suo posto, si avvia, ma regala un colpo di teatro che non ci aveva raccontato al negozio di vestiti. Si ferma a metà della navata, come attraversato da un'inaudita profondità. Si porta una mano alla bocca. Tutti gli sguardi sono per lui. Ha un sussulto, come di chi sta per scoppiare a piangere e invece ricaccia il pianto in fondo all'anima.

Ramona lo guarda e sembra delusa da lui, per la prima volta. Jep torna al suo posto, a fianco a Ramona.

Viola si avvicina alla bara e la bacia. Il prete dice nel microfono:

PRETE: Ora pregherei gli amici di Andrea di venire qui, affinché la bara possa essere condotta all'esterno.

Questa banale frase getta Viola nello scompiglio più assoluto. Si guarda intorno, atterrita, disorientata. Nessuno si fa avanti. Imbarazzo generale.

È molto semplice, Andrea non aveva amici.

Durante il dilatato imbarazzo di tutti, che si guardano intorno alla ricerca di ipotetici amici e coetanei di Andrea, parte la voce fuori campo di Jep. Con tono sobrio, neutro.

V.F.C. JEP: I figli, si distinguono in quattro categorie.

Quelli che chiamano il padre: papà.

Quelli che lo chiamano babbo.

Quelli che lo chiamano col nome di battesimo.

Quelli che non hanno l'opportunità di chiamarlo.

Le ultime due categorie finiscono sempre per incontrare problemi piuttosto seri nel corso della loro esistenza.

Solo a questo punto Jep prende una decisione memorabile. S'improvvisa amico di Andrea.

Per cui, lascia la panca e si avvicina alla bara e,

mentre lo fa, elargisce cenni discreti a Romano, a Lello e a un altro individuo, affinché lo raggiungano. Questi obbediscono. Ora sono in quattro agli angoli della bara. Quattro uomini di mezz'età. Con non poca fatica, sollevano la cassa sulle spalle e, lentamente, prendono ad avanzare lungo la navata sotto gli sguardi commossi dei presenti.

Ma adesso Ramona non è più delusa, anzi, le scappa quasi un sorriso di sollievo perché nota che Jep ha abdicato alla recita per lasciarsi sopraffare da un moto di sincerità.

Infatti, mentre porta la bara, Jep, ora, piange a dirotto.

Scena 46. Fori Imperiali. Esterno. Notte.

Solo gabbiani lontani e nessuna auto lungo i Fori in una notte calda con la luna piena.

È molto tardi, non c'è nessuno, tranne, pacifici, lungo il marciapiede, Jep e Ramona che passeggiano.

Un'auto blu accosta lentamente dall'altro lato del marciapiedi. I finestrini oscurati.

Ramona si ferma. Jep a ruota. Ramona si volta a vedere l'auto blu. Una linea di spavento la attraversa nel vedere quest'auto. Jep non capisce. Assiste neutro. Il finestrino posteriore e oscurato si apre di appena due dita.

Ramona intravede un occhio dietro quelle due dita di finestrino aperte, ma è talmente buio l'abitacolo dell'auto che possiamo solo intuire che quegli occhi appartengano a un uomo.

L'autista apre la portiera e scende dall'auto. È un ragazzo aitante di trent'anni, questo autista. Attraversa la strada deserta. Va verso Ramona. Lei attende impassibile. Jep non capisce.

L'autista ha raggiunto Ramona, le è di fronte e, senza proferire verbo, le dà uno schiaffo violentissimo. Per poco Ramona non finisce a terra. Jep è sconvolto e paralizzato. L'autista se ne torna nell'auto.

Jep, istintivamente, si avvicina a Ramona.

Gli occhi dell'uomo sul sedile posteriore guardano ancora per un istante Ramona, poi chiude il finestrino nero. L'auto blu riparte silenziosa e si allontana.

Jep prende le braccia di Ramona. Ha occhi pieni di tenerezza, Jep. Ramona lo guarda e balbetta a mo' di giustificazione.

RAMONA: Jep, io... devi sapere...

JEP *(la blocca)*: Sssshhhh! Non mi devi dire niente, Ramona.

Ramona è commossa. Abbraccia Jep. Mette il suo viso sul suo petto. Lui le accarezza i capelli. Come farebbe un padre.

Scena 47. Casa Jep. Interno/esterno. Giorno.

Filtra un sole meraviglioso nella stanza da letto di Jep. Jep con le spalle alla spalliera. Il busto attraversato dai cerotti ortopedici lo fa assomigliare al gioco del tris. Sorseggia un caffè e fuma a letto.

Al suo fianco dorme Ramona. Lei si muove un po', come se stesse per svegliarsi, si gira verso di lui. Una mano gli cade sulla sua pancia.

Allora Jep dice:

JEP: È stato bello non fare l'amore.

A occhi chiusi, Ramona sorride.

RAMONA: È stato bello volersi bene.

JEP: Sì, in effetti, avevo dimenticato cosa significasse "voler bene".

Ramona, con questo bel sorriso pacato e gli occhi sempre chiusi, dice tranquilla:

RAMONA: Spendo tutti i miei soldi per curarmi.

Jep si paralizza. Lei sempre con gli occhi chiusi. Jep dissimula, ma è raggelato. Cerca delle parole per la circostanza. Trova queste:

JEP: Adesso ti preparo una bella colazione.

Lei non risponde. Si è addormentata.

Stacco

In cucina. Jep prepara la colazione. Alla radio uno speaker termina di chiacchierare e annuncia una canzone: *Zona Venerdì*, di Loredana Berté. È, pochi dubbi su questo, la canzone più potente ed emozionante che la musica leggera italiana abbia mai realizzato.

Jep si allontana dalla cucina con un bel vassoio pieno di prelibatezze. La musica si allontana.

Jep entra in camera da letto e trova Ramona nella stessa posizione in cui l'ha lasciata. Appoggia il vassoio sul comodino. Si distende vicino a Ramona. La canzone della Berté arriva dalla radio della cucina molto attutita. Jep è supino a fianco a Ramona.

JEP: Ramona, ti ho portato la colazione.

Ramona non risponde.

JEP: Ramona, la colazione.

Lei apre gli occhi e, con la voce di sonno, sussurra:

RAMONA: Ancora cinque minuti.

Jep guarda il suo soffitto bianco col lampadario al centro. Con un sorriso sardonico, dice.

JEP: Lo vedi il mare?
RAMONA: Dove?
JEP: Sul soffitto.

Allora Ramona apre gli occhi, si dispone supina vicina a Jep. Guarda il soffitto insieme a lui. C'è solo e semplicemente il soffitto bianco e il lampadario, ma Ramona dice:

RAMONA: Sì, lo vedo il mare.

Dalla cucina, lontana, Loredana Berté canta. I loro visi vicini. Jep sorride. Ramona sorride.

Stacco

Zona Venerdì, con quella voce roca, potentissima e disperata di Loredana Berté, si fa extradiegetica ed esplode a tutto volume, con le sue parole altrettanto potenti e disperate, sull'immagine dell'inquietante vicino di casa di Jep che ora appare meno inquietante, dal momento che se ne sta sdraiato su un lettino, a occhi chiusi, contro lo sfondo delle cupole delle chiese, immerso in un sinistro accappatoio nero che lo rende simile a un antico frate. Ma poi quest'uomo apre gli occhi, qualcosa sta richiamando la sua attenzione: è la voce di Jep all'interno della sua casa che chiama, urla, con progressiva apprensione un nome. Ramona, è il nome.

Poi, la voce di Jep che chiama Ramona da apprensiva diventa disperata.

Jep approda sconvolto sulla terrazza. Va avanti e indietro. Non sa che fare. Finché si ferma, perché intercetta lo sguardo del suo vicino che ora se ne sta in piedi, al di là del muro di confine, col cappuccio dell'accappatoio tirato sulla testa, a fissarlo. Jep e il vicino rimangono a guardarsi. A lungo. Jep e il vicino impassibile, mentre la Berté urla incazzata e piena d'amore, in preda al dolore, parole bellissime.

"... attraverso stanze vuote di una sposa senza dote. Se poi la vita è solo una, allora fa paura! Né saluti né baci, però ci siamo incazzati! E come è bella la vita, lo vedi, lo vedi! Da quella sera, una sera di maggio, amore mio, ma quanto coraggio, neanche Dio... In una sera, una sera di maggio gigante, che ho perso io..."

Solo dopo questo lungo sguardo tra i due, Jep trova la forza di dire al vicino:

JEP: La mia amica è morta.

Allora il vicino, senza mutare l'impassibilità del suo volto, con un modo pieno d'autorevolezza, si limita a fare un cenno con la mano a Jep che significa: avvicinati.

Jep, con l'affanno, impaurito, sconvolto, si avvicina al muretto che li separa.

Il vicino si allontana di pochi passi. Va a un tavolino, prende una brocca d'acqua, riempie il bicchiere. Si avvicina a Jep e gli porge il bicchiere d'acqua.

Scena 48. Casa Viola. Interno. Notte.

La voce irripetibile della Berté sprofonda in questo salone perfetto, ordinato, ricco, dai bei colori caldi e accoglienti.

Come in una natura morta, in un campo largo, sostano fermi: un cameriere filippino in divisa, in piedi, con un vassoio in mano e una tisana a bordo; un cane di razza, immobile e bellissimo, dalla postura nobile e fierissima; Viola seduta in punta al divano. Lo sguardo al nulla e gli occhi asciutti.

Scena 49. Grande Albergo via Veneto.
Esterno/interno. Notte.

Questa canzone potentissima sfocia qui, annullando tutto il sonoro circostante.

La Berté, inferocita, urla e ci regala gli ultimi brividi del suo pezzo indimenticabile, mentre Egidio, il padre di Ramona, con la faccia rigata da un pianto che ora è terminato, ciondola, senza alcun sentimento, dinanzi al maestoso ingresso di un grande albergo.

A distanza, Jep lo segue con apprensione.

Egidio approda in una grande, antica hall deserta. Si lascia andare sulla prima poltrona che trova. Gli occhi gli si appesantiscono. Fanno per chiudersi, per effetto dell'eroina. Jep, da dietro una colonna, lo guarda.

Scena 50. Teatrino. Interno. Notte.

Un piccolo teatrino off. Una quarantina di spettatori lo affollano. Seguono con attenzione. Il palco modesto, spoglio e senza fondale, ospita un chitarrista classico che, ovviamente, arpeggia con discrezione una malinconica ballata.

Al centro, in piedi, con quell'aria più perbene che mai, nel suo completo blu e camicia bianca, Romano recita con sobrietà e amara sincerità delle parole che hanno l'andamento del finale.

ROMANO: Ho trascorso tutte le estati della mia vita a fare propositi per settembre.

Sposta lo sguardo su una spettatrice. È la ragazza esangue, che non lo sta seguendo, perché è tutta concentrata a mandare messaggi col telefonino. Romano, senza deconcentrarsi, riprende:

ROMANO: Ora non più. Ora trascorro l'estate a ricordare i propositi che facevo e che sono svaniti. Per pigrizia, per dimenticanza.

Che cosa avete contro la nostalgia? È l'unico svago che resta per chi è diffidente verso il futuro.

Senza pioggia, agosto sta finendo. Settembre non comincia.

E io sono così ordinario. Ma non c'è da preoccuparsi. Va bene così.

Il chitarrista conclude insieme a Romano. Silenzio di tensione per Romano.

E invece, contro tutte le sue aspettative, si sprigiona un bell'applauso. Sincero, tenero, convinto. Il monologo è piaciuto.

Romano tira un sospiro di sollievo. Si apre in un bel sorriso. Cerca con lo sguardo l'esangue, ma questa è già in piedi, gli occhi incollati al telefonino e sta guadagnando per prima l'uscita, mentre gli altri continuano ad applaudire.

Scena 51. Auto/scale Campidoglio. Interno/esterno. Notte.

Romano guida. L'esangue, al suo fianco, è china a farsi un tiro di coca su una scatola di cioccolatini usata come base d'appoggio. Quando Romano se ne accorge, dice con rammarico:

ROMANO: Ma che fai? Pippi sui cioccolatini che t'ho regalato?

Ma lei è una belva inferocita.

RAGAZZA ESANGUE: Ma vaffanculo, Romano. Quella merda mi ha rovinato il compleanno. Neanche ai messaggi ha risposto.

ROMANO: Ti è piaciuto lo spettacolo?

RAGAZZA ESANGUE *(sprezzante)*: Hai avuto gli applausi. Sei contento?

È a queste parole che, in modo del tutto inatteso, qualcosa scatta nella testa di Romano. Frena di scatto. Si ritrova davanti alle scale del Campidoglio. L'esangue non capisce.

ROMANO *(serissimo)*: No, non sono contento.

RAGAZZA ESANGUE: Perché ti sei fermato? Portami a casa, dài.

ROMANO: Scendi. A casa nùn te ce porto.

Lei non batte ciglio. Lo guarda col massimo del disprezzo di cui è capace.

RAGAZZA ESANGUE: Sei un pezzo di merda come gli altri. Anzi, sei peggio.

Detto questo, scende strafatta dall'auto e, con intenti del tutto insensati, prende a salire la lunga scalinata del Campidoglio.

Romano, gonfio d'ira, ingrana la marcia e riparte. In giro non c'è nessuno. È una furia. Ma dopo trecento metri, frena di nuovo. Mette la retromarcia e torna al punto in cui aveva lasciato l'esangue. Scende dall'auto. Si guarda intorno. Non c'è traccia di lei. Inizia a salire le scale velocemente. Convinto che lei sia arrivata in cima. La voce di lei, invece, lo richiama quando lui è a metà della scalinata.

RAGAZZA ESANGUE: Romano.

Lui si volta e la trova seduta sugli scalini in un angolo. Di colpo, per la prima volta, lei è dolce con lui.

RAGAZZA ESANGUE: Vieni qui.

Lui è smarrito a causa di questa dolcezza di lei che non ha mai conosciuto.

RAGAZZA ESANGUE: Siediti.

E gli fa cenno di sedersi vicino a lui. Lui esegue come un barboncino. Sono molto vicini. Lui è emozionatissimo, non capisce cosa sta accadendo, ma percepisce che qualcosa sta accadendo.

La ragazza esangue si guarda in giro, ma è così tardi che non c'è nessuno, eccetto loro due.

Allora guarda Romano negli occhi e gli sussurra:

RAGAZZA ESANGUE: Toccami. In mezzo alle gambe.

Romano spalanca gli occhi. Si guarda anche lui intorno. È imbarazzato, impaurito e incredulo di potersi avvicinare a ciò che ha lungamente desiderato.

Con una certa goffaggine, allunga la mano sulla ragazza. Cerca di non essere frettoloso, brutale o scostumato, per cui parte dalla gamba, per avvicinarsi via via alle parti intime.

Lei prende a guardare altrove.

Lui ansima per l'emozione, la tocca e sbircia il suo profilo, cercando di leggere una qualche emozione sul suo viso. Ma lei non ci fa capire cosa prova. Non si capisce se è troppo drogata, se le piace, se le fa schifo.

Niente. Semplicemente guarda altrove, trafitta da un'assenza indifferente. Allora Romano diventa più concitato nel movimento. Cerca di carpire ancora le eventuali emozioni di lei, ma ora registra un dato semplice, inequivocabile: la ragazza esangue è distratta. Sta pensando ad altro. Questa chiara percezione di come stanno andando le cose muta la fibrillazione di Romano in un'espressione di autocommiserazione. Il viso di Romano è deluso, mentre la tocca, perché avverte, chiari e inequivocabili, tutti i sintomi finali dello squallore. A questo punto, Romano prende una decisione e ritrae la sua mano dal sesso della ragazza.

Lei si volta verso di lui, sembra sobria e, fingendo ancora una certa gentile dolcezza, dice:

RAGAZZA ESANGUE: Ok, andiamo?

Romano la guarda negli occhi con una serietà atipica per lui. Poi le dice con un tono che sa di fatale, d'ineluttabile:

ROMANO: No. Io vado.

Si alza e scende le scale, lasciando la ragazza, senza parole, sugli scalini. Romano, mentre s'infila in macchina, prende il cellulare e fa una telefonata.

Scena 52. Terme di Caracalla. Esterno. Notte.

La bellezza totale delle terme di Caracalla illuminate a giorno con potenti "diecimila" montati su torrette e, contro lo sfondo monumentale delle terme, in mezzo al prato, da sola con i suoi irreali cinque metri d'altezza, illuminata dai proiettori, c'è una giraffa.

Guarda l'infinito, al di là degli alberi, mentre emette un disperato landito.

Non lontano dalla giraffa, elettricisti e operai vari, indifferenti anche alla giraffa, fumano e parlano di calcio come se niente fosse. Jep, a bocca aperta per lo stupore, è anche lui lì e fissa la giraffa. Gli si avvicina un uomo sui cinquanta, alto, elegante, ritoccato chirurgicamente, con una sigaretta sottile tra le mani. Si chiama Arturo. Conosce Jep.

ARTURO: Jep, che ci fai da queste parti?

Jep distoglie lo sguardo dalla giraffa e riconosce Arturo.

JEP: Arturo, tu che ci fai qui?

ARTURO: Come che ci faccio? Provo il mio spettacolo di magia. Questo è il numero *clou* di domani sera. La scomparsa della giraffa.

JEP: Fai scomparire la giraffa?

ARTURO *(ride sicuro)*: Certo che faccio scomparire la giraffa.

Di colpo, Jep, dice serio all'indirizzo di Arturo, quasi con un tono di preghiera:

JEP: E allora, Arturo, perché non fai scomparire anche me?

Arturo ride. Non comprende l'assurda serietà di Jep.

ARTURO: Jep, secondo te, se davvero si potesse far scomparire qualcuno, io starei ancora qui, alla mia età, a fare 'ste baracconate? È solo un trucco.

E mentre Arturo si allontana da Jep, ridendo, gli ribadisce il concetto ad alta voce.

ARTURO: È solo un trucco, Jep. È solo un trucco.

Un'altra voce, alle sue spalle, richiama Jep. È la voce di Romano.

ROMANO: Jep.

Jep si volta e vede Romano che avanza veloce ma triste verso di lui. Gli arriva di fronte. Jep lo scruta velocemente.

JEP: Romano, allora, come è andata?

ROMANO *(atonale)*: Bene. Hanno applaudito.

JEP: Sono contento. Ma allora perché sei così triste?

ROMANO *(si schermisce)*: No, non sono triste. Che è quella giraffa?

JEP: Provano un numero di magia. Io ti vengo a vedere domani, te lo prometto.

ROMANO *(lo interrompe)*: Non lo faccio lo spettacolo domani, Jep.

JEP: Non ho capito. Hai detto che è andata bene, perché non lo fai?

ROMANO *(si sfoga con sincerità)*: Me ne vado, Jep. Me ne torno al paese dei miei per sempre. Non passo neanche per casa. Lascio ora. In questo momento. Ti volevo salutare e ringraziarti per tutto quello che hai fatto per me. Sto in questa città da quarant'anni, ma l'unico che ha un po' senso salutare sei tu.

JEP *(sembra smarrito, incredulo)*: Te ne vai? Ma perché te ne vai?

ROMANO *(sincero e definitivo)*: Jep, Roma mi ha molto deluso.

Jep lo fissa con gli occhi acquosi. Un misto di tristezza, comprensione e tenerezza. È un uomo anziano, adesso, Jep Gambardella. Per la prima volta, dimostra tutti i suoi anni.

Romano gli regala un ultimo sorriso triste, poi si gira e se ne va.

Jep lo guarda mentre si allontana. Poi la voce di Arturo lo richiama.

ARTURO: Jep.

Jep si volta. Arturo, con fare allegro, a voce alta gli urla:

ARTURO: Hai visto?

Jep ha visto. La giraffa non c'è più. Sparita.

Sta partendo un violino sobrio, discreto.

Scena 53. Via Tuscolana. Casa Alfredo. Interno. Giorno.

Il violino sfocia sulla porta di casa di Alfredo, il marito vedovo di Elisa De Santis. Alfredo apre la porta ed è sorpreso di trovare sul pianerottolo Jep Gambardella.

ALFREDO: Jep.

Jep appare affranto, stanco, ma non perché ha sonno.

JEP: Ciao Alfredo, come stai?
ALFREDO: Bene, grazie. Vuoi accomodarti?

JEP: Sì, grazie. Voglio accomodarmi.

Alfredo gli fa strada e lo porta in quel tinello triste. Jep si siede e, a colpo sicuro, solleva gli occhi su quel mobile, sicuro di trovare la foto di Elisa giovane nel giorno delle nozze, ma invece non c'è nessuna foto, solo un vaso con dei fiori freschi dentro. Questa volta, Jep non riesce a nascondere la delusione.

ALFREDO: Ti offro un caffè?

JEP: No, grazie, Alfredo. Non voglio portarti via tempo. Sono venuto per chiederti una cosa.

ALFREDO: Dimmi tutto, Jep.

JEP: Perché Elisa mi lasciò?

ALFREDO: Non lo so, Jep.

JEP: Ma avrà scritto qualcosa a questo proposito nel suo diario?

ALFREDO: Non mi pare. No. Non scrisse nulla in merito.

Jep fissa Alfredo. Prende coraggio.

JEP: Ma tu ti offenderesti se io ti chiedessi di poter leggere quel diario?

ALFREDO: No, Jep, non mi offenderei. Anzi, capirei fin troppo bene. Ma purtroppo non posso più fartelo leggere.

JEP: Perché?

ALFREDO: Perché pochi giorni dopo il funerale, l'ho buttato.

Jep china la testa. Si porta una mano alla fronte. Guarda a terra. La voce di Alfredo lo richiama:

ALFREDO: Jep, posso presentarti mia moglie?

Istintivamente, Jep solleva di scatto lo sguardo, con un'espressione grondante, in modo incongruo, speranza. Ma di fronte a lui, a fianco ad Alfredo, adesso c'è una donna sulla cinquantina, corpulenta, con le fattezze della donna dell'Est. La donna ha un accento straniero:

DONNA: Piacere, mi chiamo Polina.

Jep abbozza una specie di sorriso educato. Ha ancora la forza di dire qualcosa. Con un filo di voce, come imbambolato:

JEP: Come la Polina de *Il giocatore* di Dostoevskij. Che fate stasera?

Alfredo è preso un po' alla sprovvista. Si guarda con Polina. Poi risponde leggermente imbarazzato.

ALFREDO: Niente... Polina finisce di stirare. Ci beviamo un bicchiere di vino rosso, guardiamo un po' di tv e dopo andiamo a letto. E tu, che farai?

JEP: Io berrò molti drink, ma non così tanti da diventare molesto. Poi, quando voi vi svegliate, io andrò a dormire.

Alfredo sorride, mette una mano sulla spalla di Polina. L'abbraccia. Sono sereni, questi due. Jep li guarda. E vorrebbe morire, ma nessuno se ne accorge che vorrebbe morire. Con una sincerità commovente, dice di getto:

JEP: Che belle persone che siete.

ALFREDO: Anche tu sei una bella persona, Jep. Abbiamo solo orari diversi.

Scena 54. Casa Jep. Terrazza. Esterno/interno. Notte.

Un'orrenda, carnevalesca canzoncina sudamericana. Inutile e ripetitiva.

Sulla terrazza di Jep, una fauna trasversale, per ceti e fasce d'età, si produce in un lungo trenino, ma mesto, orrendo, esso esibisce un divertimento frutto della fatica. Sudati per il caldo e per il tasso alcolico, si esibiscono in risate, mossette, urla, mentre fanno lo slalom tra piante, divani, tavolini. Ci sono anche Lello e Trumeau, ma il trenino è capeggiato da un'instancabile, agitatissima Lorena, l'ex soubrette vista alla festa di compleanno di Jep.

Ci sono quei primi odori che appartengono alle tragedie lunghe.

Jep, in piedi davanti al tavolo delle cose da bere, si sta preparando il milionesimo gin tonic. Barcolla. È ubriaco. Trumeau deraglia dal trenino e lo raggiunge. Jep fissa Trumeau. Gli occhi pesanti, poi le dice:

JEP: "Chi sono, io?", così cominciava un romanzo di Breton.

TRUMEAU: E naturalmente, nel romanzo, non c'è la risposta. Hai saputo di Viola?

JEP: Cosa?

TRUMEAU: Sta donando tutti i suoi beni alla Chiesa. Praticamente, vive nella chiesa di Sant'Ignazio. Aiuta in parrocchia e si sta preparando per andare a fare la volontaria in Africa.

Jep, tra i fumi dell'alcol, ascolta a malapena mentre osserva il trenino instancabile. Poi dice con voce strascicata:

JEP: Sono belli i trenini che facciamo alle nostre feste.

TRUMEAU: Belli?

JEP: Sì, sono belli, perché non vanno da nessuna parte.

Poi prende a ridere scioccamente. Trumeau, inaspettatamente seria, lo apostrofa:

TRUMEAU: Non c'è niente da ridere, Jep.

Stacco

In bagno. Jep, insieme a degli individui molto più giovani di lui, aspetta il suo turno e poi si fa un tiro di coca. Dopo di lui, Lorena si avventa su una striscia.

Stacco

Di nuovo in terrazza. Un'altra, ossessiva musichetta e questa volta è Jep, ridanciano, che conduce il trenino infinito. Una coppia sulla quarantina, ferma in un angolo, lancia occhiate a Jep. Questi se ne accorge. Gli scambi di sguardi della coppia a Jep si fanno più allusivi, complici.

Stacco

Dalla terrazza, attutita, continua a sentirsi musica insulsa. Mentre qui, in camera da letto, nella penombra, in mezzo a un lenzuolo stropicciato, Jep e quella coppia fanno sesso.

La mdp si concentra su Jep, sul suo viso, e ci dice una cosa incontrovertibile: non gli interessa. Lo sta facendo per inerzia. Ma poi, decide, si stacca dal groviglio dei corpi. Mentre quelli continuano concitati, Jep si apparta al bordo estremo del letto.

Supino, guarda il soffitto. Chiude gli occhi, sognante, come a cercare il mare, ma un attimo dopo riapre gli occhi e il mare non c'è. C'è solo il soffitto bianco col lampadario.

Stacco

In cucina. Da qui, attraverso la finestra, si può scorgere la terrazza e, nonostante sia tardissimo, la festa va avanti. Ci sono meno persone, ma quelle che ci sono, da non crederci, stanno ancora facendo il trenino.

La cucina è intasata di bicchieri sporchi, resti di lasagne, bottiglie di champagne vuote, cumuli di piatti. E in mezzo a questa odissea, Ahè sta cercando di lavare e di mettere in ordine.

Jep siede al capo di questa tavola che sembra vittima di un bombardamento. È un uomo stanco e deluso, mentre pilucca un po' di lasagna. Ha il pantalone di lino, ma il busto è nudo, o, meglio, abitato dai cerotti ortopedici.

AHÈ: Quando finisce strazio, dottore?

JEP: Non lo so, Ahè. Le feste, si sa quando cominciano, ma è impossibile prevederne la fine.

Ahè gli dà le spalle. Armeggia ai lavelli. Se ne stanno in silenzio per un po'. Jep guarda a terra. Poi solleva lo sguardo e scorge quegli ossessi in terrazza che continuano a fare il trenino. E, in preda alla verità, Jep parla ad Ahè. Anzi, non parla, perché confessa:

JEP: Sono anni che tutti mi chiedono perché non torno a scrivere un romanzo. Ma guarda là fuori, Ahè. Guarda in terrazza. Quella gente. Questa è la mia vita. Ed è niente. Flaubert voleva scrivere un romanzo sul niente e non c'è riuscito. Come potrei riuscirci io?

Ma Ahè non ci ha badato proprio alla confessione del nostro. Si limita a girarsi verso di lui e a porgergli una tisana.

JEP: Sei una donna ingenua e per questo meravigliosa, Ahè. Tu pensi di potermi aiutare a forza di tisane. Ma le tisane non servono a un cazzo. Lo capisci, chérie?
AHÈ: Non è vero. Tisana aiuta.

Jep, rassegnato, fa un sorso sulla superficie bollente della tisana.

JEP: Buona. Grazie, farabutta.

Ahè ride. Jep no.

Sulla terrazza. È tardissimo. Lì in fondo, si affacciano i primissimi bagliori dell'alba.

Gli ospiti sono andati via. Ne è rimasto solo uno: Lorena. Se ne sta sdraiata nell'amaca di Unopiù, che sembra una gondola. Lorena guarda priva di espressione un punto indeterminato.

Jep la raggiunge con un altro gin tonic in mano e, mentre si sdraia sulla stessa amaca, ma nella direzione opposta a quella dell'amica, le dice:

JEP: Senti a me, Lorena, non ci pensare.

LORENA: A cosa?

JEP: A quello che stai pensando, non ci pensare.

Lorena sorride dolente. Entrambi sdraiati, ora, uno a capo, l'altro a piedi, fissano il cielo.

Ma Lorena continua a pensarci e dice con dolorosa dignità:

LORENA: Non m'invitano più, Jep. Nell'ultimo mese sono stata a una sola cena e mi hanno chiamata due ore prima.

JEP: Eri un ripiego.

LORENA: Lo so che ero un ripiego. Perché nessuno m'invita più, Jep?

JEP: Perché trapela che sei intelligente, che non ti stupisci più. Capiscono che hai già visto. Questo, a loro non sta bene. Vogliono il tuo "oh" di stupore a ogni cretinata che dicono. Altrimenti, non t'invitano più. E decretano, in malafede, che sei diventata noiosa.

LORENA: Tu non ti stupisci mai, però ti invitano sempre.

JEP: Proprio per questo. Sperano che, prima o poi, io provi stupore per loro. Ne hanno fatto una ragione di vita. E di principio.

LORENA *(sorride con amarezza)*: Io non sono te.

Jep termina con una corposa sorsata il gin tonic e poi intona in modo insensato...

JEP: Io sono tre cose. Io sono un seduttore, io sono un bluff, io sono Jep Gambardella.

Lorena, chissà perché, prende a ridere. Jep solleva lo sguardo su di lei. Dice serio, senza scomporsi:

JEP: Lorena.
LORENA (F.C.): Sì, Jep.
JEP: Ti sta uscendo del sangue dal naso.

Lorena smette di ridere di colpo. L'ultima immagine è per lei. Pietrificata, un rivolo denso e copioso di sangue le esce dal naso e termina giù fin dentro il collo. Poi porta un dito alla narice.

Dissolvenza

Scena 55. Museo MAXXI. Interno. Giorno.

In uno spazio bianco e gigantesco, attraversato da sospese scalinate nere, attende, unica presenza umana, Jep Gambardella. Taccuino e biro in mano.

Gli si fa incontro, sorridente, un uomo sui cinquantacinque, ma molto giovanile. Bellissima figura, vestito *casual*, si presenta a Jep rivelando un italiano con forte accento americano.

Gli tende la mano.

UOMO: Ron Sweet. Scusi il ritardo. Stiamo preparando gli ultimi dettagli prima dell'inaugurazione di stasera.

JEP: Piacere, Jep Gambardella.

RON SWEET: Prego.

E gli fa strada attraverso la maestosità di questo museo. Intanto, Ron parla.

RON SWEET: L'idea di questa mostra di foto, in verità, non è mia. Il vero ideatore è mio padre. Cominciò a fotografarmi dalla nascita tutti i giorni. Una foto ogni giorno. Mai dimenticato neanche una volta. Dai quattordici anni in poi ho proseguito io. Mi sono fotografato tutti i giorni. Prego.

Arrivano in una grande sala espositiva, ancora chiusa al pubblico, per cui l'unico spettatore è Jep.

Quando Jep entra, l'effetto è impressionante. Divise per 55 anni, ogni anno ospita 365 foto, è esposta la più incredibile autobiografia fotografica di un uomo.

Jep è sopraffatto da ciò che vede. Passa in rassegna le foto. Tutti primi piani di Ron Sweet da quando è nato fino a oggi. Giorno per giorno. E Jep trattiene a stento lo stupore.

S'insinua la musica sacra di Bach, mentre Jep, sfilando lungo le foto, assiste all'impercettibile, paziente, minuzioso, trascorrere del tempo attraverso la faccia di Ron Sweet.

Questa è davvero un'opera d'arte e il viso emozionato di Jep ci dice che le foto gli stanno parlando.

Ancora la musica, mentre sfilano, sotto i suoi occhi, gli anni che passano, in fotografia, di quest'uomo. Neonato, bambino, adolescente, ragazzo, giovane uomo, adulto, prossimo a essere anziano. Tutta la vita, attraverso una gigantesca sequenza alle pareti di ventimila foto.

Scena 56. Chiesa di Sant'Ignazio. Interno. Giorno.

Un'acquasantiera riflette, rovesciata, l'immagine di un soffitto affrescato di inaudita bellezza.

Il viso di Jep ancora pieno di commozione, ma ora non è più al museo, bensì seduto su una panca di una delle più belle chiese di Roma. La chiesa di Sant'Ignazio.

La musica sacra se ne viene qui, ma ora in forma diegetica, perché in un angolo di questa chiesa di straordinaria bellezza, un coro sta cantando proprio Bach.

E Jep, con lo sguardo commosso, segue il movimento poco lontano di una persona.

Non la riconosciamo sulle prime. Questa persona con tutti i capelli rapati a zero e dall'aria smunta e dimessa, con indosso una veste informe. Sta lavando a terra, nei pressi dell'altare.

Andiamo a vederla più da vicino: è Viola. Irriconoscibile, assente, immersa in un altro mondo. Un mondo sconosciuto a Jep. Jep la guarda con *pietas*, penetrato da ancora un altro dolore.

Lei non si accorge della sua presenza.

Scena 57. Tenuta di campagna. Esterno. Giorno.

La bellezza della musica sacra è violentata dal suono infernale delle pale di un elicottero.

Solitario, in mezzo a un prato, un vecchio che sembra in fin di vita, ripiegato su una sedia a rotelle, mangia volitivo una polpetta.

Viste dall'alto dell'elicottero, di sotto, un centinaio di persone, sagome minuscole, se ne stanno disseminate in un bellissimo, vasto prato con piscina, adiacente a una splendida magione. Tutte le persone, con gli occhi in su, a guardare, in controluce, l'elicottero.

Alcune donne si tengono frivoli cappellini altrimenti destinati a volar via.

L'elicottero si avvicina al prato e anche le persone sono più visibili. Tutti vestiti eleganti, perlopiù di mezz'età o anziani, ma non mancano i giovani. Anche da quassù è riconoscibile il generone romano, tirato a lucido, con i prosecchi in mano, in occasione di un matrimonio.

Che è un matrimonio appare evidente perché adesso la giovane sposa, situata su uno di quei tappeti elastici per far divertire i ragazzini, noncurante dello strascico di sei metri, alla vista dell'elicottero, si sbraccia e si produce in balzi di gioia di due metri.

Dall'elicottero, il co-pilota, con fare preoccupato, si è sporto in fuori e fa grandi cenni affinché qualcuno si tolga immediatamente, per consentire quello che sembra un atterraggio imminente.

Una trentenne sormontata da un'orda di gioielli corre a fatica e in preda alla paura. Dietro di lei la segue una filippina. Le due donne, per il rotto della cuffia, afferrano il vecchio in sedia a rotelle e lo portano via. Lo avevano dimenticato proprio nel punto in cui deve atterrare l'elicottero. Il vecchio non si rende conto di nulla, termina la sua polpetta.

L'elicottero tocca terra. Si apre il portellone. Ne discende un ragazzo in giacca e cravatta che aiuta, con fatica, a far scendere un donnone di un metro e sessanta per duecento chili di peso. Ma non è la stazza che pietrifica l'attenzione di tutti gli invitati. È la sua preistorica, inaudita bruttezza.

Tutti la guardano, anche un'orchestrina attempata ha lasciato morire, senza accorgersene, le chitarre e la batteria.

Dal prato, l'ipersofisticata madre dello sposo, un labrador prezioso al guinzaglio, scruta insieme al figlio questo brutto spettacolo. La madre dello sposo ha sessant'anni ma, grazie a una serie d'interventi chirurgici mirati, ne dimostra trentacinque, cosicché lo sposo, aria non troppo sveglia, sembra un suo coetaneo.

MADRE DELLO SPOSO: Oh Dio santo, ma dovevamo invitarla per forza?

SPOSO: Mamma, è la tua consuocera!

La giovane sposa corre verso l'elicottero. Raggiunge la madre preistorica. La bacia. Lei si lascia baciare, inscalfibile in un'incongrua serietà tutta sua.

Insieme alla figlia prende ad avanzare verso gli invitati. Sempre attraversata da una minacciosa bruttezza. Anche Jep, Lello e Trumeau scrutano l'avvenimento. Jep sembra estasiato alla vista della donna. Come se si trovasse bambino a un safari. Infatti, dice eccitato ai due amici:

JEP: Sembra un bellissimo animale primitivo.

LELLO CAVA: Un animale primitivo dalla sterminata liquidità patrimoniale.

L'animale primitivo arriva sotto macchina. In primo piano vista così da vicino, conferma i nostri sospetti su questa forma di bruttezza nuova, inedita. Poi, rivolta a un cameriere spaventato, intima:

MADRE DELLA SPOSA: Dove stanno le polpette?

Stacco

La gente a gruppetti, disseminata in questo splendido prato ondulato che digrada in fondo in un vero, fitto bosco.

Uno di questi gruppetti è composto da Jep, Lello e Trumeau. Se ne stanno in piedi. Lello beve solo prosecco e appare già visibilmente ubriaco. Di fronte a lui, all'unisono, Jep e Trumeau stanno per attaccare delle mozzarelline. Lello Cava li anticipa un secondo prima che la mozzarella arrivi alla bocca.

LELLO CAVA: Fermi! È blu.

Jep e Trumeau si bloccano con la bocca aperta.

LELLO CAVA: La mozzarella, cazzo, è blu.

Jep la guarda. Non è blu. Lello ride.

JEP: Ma comm' si' strunz'!

Trumeau e Jep mangiano. Jep scorge un cardinale, due preti e un paio di coppie anziane. Fanno capannello e si capisce che il cardinale tiene banco. Tutti ad ascoltarlo.

JEP: Lello, come si chiama quel cardinale?

Lello si volta. Lo localizza. Il cardinale è un uomo alto, magro, carismatico, fine.

LELLO CAVA: Quello è Bellucci.
JEP: Ma quello non è in predicato di...
LELLO CAVA *(lo interrompe)*: Esatto. 'O soglio pontificio sta aspettann' a isso. Io l'ho conosciuto alla festa di carnevale di Giada Ricci. E sono anni che gira la voce che da giovane sia stato il migliore esorcista d'Europa.

JEP: Mi stai pigliando un'altra volta per il culo?
LELLO CAVA *(serissimo)*: No. Perché io non scherzo col demonio.

Jep rimane a guardare il cardinale a lungo. Sta pensando, Jep.

Stacco

Sul cardinale. Sta parlando col suo piccolo pubblico, mentre si lascia morbidamente baciare la mano da una comitiva di carampane appena sopraggiunte. Una signora gli domanda fibrillante:

SIGNORA: Cardinale, quando arriva la Santa a Roma?
CARDINALE: Giovedì. Però vi prego, non chiamatela Santa. Lo è, una Santa, ma tecnicamente non lo è.
SIGNORA: Ma lo diventerà. Non può essere altrimenti.
CARDINALE: Deciderà il Signore.

Jep sta passando di proposito di là. Cerca di catturare brandelli di frasi.

Taglio

L'orchestrina attempata, da un palchetto, sta proponendo uno swing antiquato.

Gli anziani prendono a ballare come possono. Una nobildonna sui settanta, di nome Maria Franca, con una pettinatura cotonata che sembra una parrucca, una *verve* scatenata che desta ritrosia nei timidi, si avvicina radiosa, ballucchiando, al leader dell'orchestrina e gli dice qualcosa.

L'orchestrina cambia pezzo e parte con uno stornello romano. La nobildonna appronta una sedia in mezzo al prato. Ci sale in piedi e, contentissima, annuncia.

MARIA FRANCA: Ragazzi, un attimo di attenzione, che ora canto.

Molti, di nascosto, alzano gli occhi al cielo. Qualcuno, subdolo, si defila con prontezza di riflessi. Lello Cava dice a Jep:

LELLO CAVA: Non se ne può più co' questa. Vo' sempre canta'.

Maria Franca attacca spiritosissima e tanto sorridente a canticchiare lo stornello romano.

Quasi nessuno ascolta. Qualcuno applaude precocemente. Nella sostanza, nessuno se ne fotte di Maria Franca che canta, così lei ci rimane malissimo. La madre dello sposo sembra gongolare del fallimento di Maria Franca.

Quest'ultima scende dalla sedia prima della seconda strofa e si allontana smarrita. Il marito la raggiunge per rincuorarla. Li vediamo di spalle, ma le spalle di lei sussultano, come quando si piange a singhiozzi. Placa i suoi singhiozzi solo quando incontra lo sguardo passeggero di un bel cameriere dai tratti popolari e i bicipiti importanti.

Stacco

Un pezzo grosso delle forze armate, sulla sessantina, in divisa pluridecorata, mentre raggiunge con passo sportivo un suo gruppo di amici, scivola sull'erba umidiccia e finisce orizzontale con la schiena a terra. Si rimette in piedi in un baleno. Opera una rapida ricognizione visiva a 360° e quando comprende che nessuno l'ha visto cadere, tira un poderoso sospiro di sollievo.

Stacco

Intanto, il cardinale Bellucci sta intrattenendo sette signore attempate e perbene, che pendono dalle sue labbra.

CARDINALE: Voi prima dovete ammollare i funghi in una tazza umida, poi tagliate a pezzi l'anatra, togliete la pelle, la mettete in una casseruola con un cucchiaio d'olio e la fate rosolare a fuoco vivo per quindici minuti. A quel punto, quindi...

Irrompono Lello Cava e Jep.

LELLO CAVA: Cardinale, si ricorda, Lello Cava, ci siamo conosciuti da Giada Ricci.

Lello esegue un goffo baciamano. Il cardinale è leggermente contrariato per l'interruzione. Non aveva terminato la ricetta.

LELLO CAVA: Le voglio presentare l'amico scrittore Jep Gambardella.

Jep stringe la mano al cardinale.

CARDINALE: Scrittore! Questo paese ha bisogno di scrittori.

JEP: Ancora? Pensavo che avesse più bisogno di preti.

CARDINALE *(ride alla battuta)*: Anche, anche! Le due cose non sono dissimili. Entrambe richiedono una vocazione.

Lello e le signore si stanno sciogliendo dal gruppo. Restano solo Jep e il cardinale. Jep si fa serio.

JEP: Cardinale Bellucci, posso approfittare di lei e farle qualche domanda?

CARDINALE: Ma certo caro.

JEP *(imbarazzato, a disagio)*: Ecco, è da qualche tempo che, da un punto di vista spirituale, non so come dire... io ho delle domande...

La voce di una donna si staglia su tutto, rivolta alla collettività.

DONNA: Andiamo a vedere le puzzole nel bosco?

Il cardinale non aspettava altro per liberarsi di Gambardella e infatti, lesto come un puma, allegrissimo, dice a tutti:

CARDINALE: Ma certo, vi guido io. Conosco bene il bosco dei Tebaldi.

E, senza salutare Jep, il cardinale parte alla guida di un gruppo ilare che gli si accoda volentieri.

Jep resta come un fesso lui solo, si volta e incontra lo sguardo di Stefania, che non vede da tempo. Lei gli sorride beffarda e dice:

STEFANIA: Jep Gambardella, il re dei mondani, perdi colpi.

Jep non si è offeso. Anzi, sorride riconciliato.

JEP: Da quarant'anni perdo colpi, Stefa'. È uno stillicidio.

Si affiancano naturalmente.

Accennano un passeggio privo di meta. Stefania prende Jep sotto braccio.

STEFANIA: Ti ricordi quella serata turbolenta sulla tua terrazza?

JEP: Ci sono state molte serate turbolente sulla mia terrazza.

STEFANIA: Sai bene a quale mi riferisco.

JEP: Sì, e il ricordo mi addolora.

STEFANIA: Sbagli, Jep, a provare dolore. Io ti ho indotto a dire quelle cose. E di tanto in tanto fa bene sentirsi dire delle verità.

Si fermano. Jep la fissa. Le sorride con grande affetto.

JEP: Tu sbagli, Stefania. La verità è una divagazione, una fuga dall'ipocrisia, che è l'unica virtù difficile da perseguire.

Stacco

Quel generale che abbiamo visto prima cadere si avvicina alla madre della sposa, che se ne sta seduta su un dondolo. Mentre oscilla, mettendo a dura prova la resistenza del dondolo, mangia polpette da un piatto ricolmo. Il generale elargisce un baciamano al donnone. Questa, mentre si lascia baciare la mano, prorompe in una risata. E commenta:

DONNONE: A Teodo', nùn te china', nùn compromette 'a schiena. Io t'ho visto prima! Hai fatto 'na cazzo de caduta che me stavo per piscià sotto dalle risate.

Il generale Teodosio, impassibile, serio, fa dietrofront e si allontana senza proferire verbo.

Stacco

Il cardinale, un prosecco in una mano, scende agile lungo viottoli accidentati in mezzo al bosco. Ulula garrulo.

CARDINALE: Di qui. Di qui.

Donne e uomini, meno agili, con piatti di parmigiana di melanzane e vino nelle mani, lo arrancano con fatica e già rimpiangono di averlo seguito. Affiorano, per sussurri, le prime lamentele e le imprecazioni sudate dei più grassi.

Stacco

Anche Lello e Trumeau seguono la scia comandata dal cardinale. Lello cammina e trangugia il prosecco come se fosse acqua.

TRUMEAU: Ma veramente la puzzola puzza, Lello?
LELLO CAVA: Ma io che ne saccio!

Poi Lello, esausto, si ferma dinanzi a un piccolo torrente con immacolata acqua sorgiva.

Si piega in avanti, ha un conato di vomito. Trumeau è preoccupata.

TRUMEAU: Ma quanti prosecchi hai bevuto?
LELLO: Centodiciassette.

E vomita nel torrente. Trumeau, con una postura complicatissima, sfidando la gravità, gli mette una mano sulla fronte per facilitargli l'evacuazione.

TRUMEAU *(amorevole)*: Faccia di cazzo, che faresti senza di me?

LELLO: Morirei di cirrosi epatica.

Stacco

Il cardinale, eccitato come un bambino alla vigilia di Natale, procede spedito lungo sentieri scoscesi del bosco. Avvista un ameno laghetto. Esulta. Si ferma.

CARDINALE: Oh sì, ci siamo. Qui è pieno di puzzole, avanti, venite.

E si volta, ma fa una tremenda scoperta: è solo. L'hanno mollato tutti. Dinanzi a lui, c'è solo una spessa muraglia di alberi e nessuna presenza umana. Si sentono, sì, dei passi, ma appartengono al suo ex codazzo che se ne sta tornando indietro. Ma il cardinale non demorde contro l'infido ammutinamento e urla:

CARDINALE: Ma cosa fate? Venite. Le puzzole sono qui.

Che amarezza quando l'unica, vigliacca risposta che riceve è una sonora pernacchia ad opera di ignoti.

Il cardinale scuote la testa e si volta di nuovo a guardare il lago. Poi, la sua attenzione è catturata da una perfetta voce da contralto: la madre dello sposo, labrador al guinzaglio, sta passeggiando solinga in mezzo al bosco e, spensierata, ha intonato una magnifica, lenta canzone. Sembra un'apparizione.

Stacco

La bella voce canterina risuona qui, dove bivaccano gli ospiti. Tutti interrompono le loro chiacchiere, ammaliati dalla soavità di quella canzone che sembra uscire direttamente dal cuore della natura.

L'orchestrina si aggancia a quella bella voce.

Jep, con un sorriso, invita Stefania a ballare. Lei sorride e accetta.

JEP: Levami una curiosità, Stefa', ma io e te siamo mai andati a letto insieme?

STEFANIA: Certo che no.

JEP *(fintamente molto sorpreso)*: Ma questa è un'ingiustizia bella e buona. Dobbiamo rimediare assolutamente.

Stefania ride, come a significare che non accadrà mai.

Gli ospiti prendono a ballare, a coppie, il bel lento. Lello balla con Trumeau e, mentre balla, si addormenta sulla sua spalla.

Dietro la collina perfetta, ci sono avvisaglie di tramonto. I bambini scorrazzano vivaci nel prato, mentre tutti, come in una festa di trent'anni fa, ballano il lento.

Ci può essere bellezza dappertutto. E quando meno ce lo aspettiamo.

Il matrimonio sta finendo.

Scena 58. Piazza Farnese. Ristorante all'aperto. Esterno. Notte.

Rosso in volto, i muscoli del viso tirati, gli occhiali da vista sulla punta del naso, una concentrazione da neurochirurgo, il presentatore televisivo Claudio Lippi, armato di due tenagliette, sta provando, senza successo, a schiudere un'aragosta.

Mentre fissa e lavora il nemico, monologa con disincantata eleganza.

CLAUDIO LIPPI: Come epitaffio sulla tomba pensavo: "Una cosa sola capì della vita, mai prendere l'aragosta al ristorante". Ti dicevo della mia idea. Vorrei fare un programma, ma chissà se me lo lasceranno mai fare, che si chiama *I grandi salvati*, dove vorrei invitare tutti quelli che sono usciti vivi da complesse operazioni chirurgiche. Gente che aveva pochissime possibilità di farcela, e invece ce l'ha fatta.

Di fronte a Claudio Lippi, siede Orietta. Siamo in un affollato ristorante all'aperto, nel cuore di Roma e dell'estate.

Orietta, però, all'improvviso, si distrae dall'ascolto di Lippi e prende a guardare oltre la sua spalla, nella piazza. Lì sta passando, solitario, sigaretta appesa alle labbra, Jep Gambardella.

Alla vista di Jep, gli occhi di Orietta si fanno attenti e curiosi. Lippi non si accorge di nulla perché deve fronteggiare l'aragosta.

Jep si volta distrattamente a guardare e intercetta lo sguardo di Orietta. Lei, d'istinto, fa un cenno di saluto. Jep ricambia con un mezzo sorriso, ma è palese che non l'ha riconosciuta. La saluta perché sa di conoscerla, ma non sa chi è. Orietta si accorge di tutto questo e, delusa, riprende ad ascoltare Lippi.

Jep si allontana pensieroso.

CLAUDIO LIPPI *(di seguito)*: E poi vorrei chiedere a questi miracolati, che hanno scampato la morte per un soffio, se ne valeva la pena continuare a vivere o se non era meglio, come io credo, morire sotto i ferri.

ORIETTA *(tra il serio e il faceto)*: Claudio, io e tutti gli italiani non pensavamo che tu fossi un uomo perfido.

Lippi si blocca all'istante. Lascia cadere le tenagliette. Solleva lo sguardo su Orietta con un volto stupefatto, come se avesse appena appreso un'incredibile, inedita verità che lo riguarda. Sul suo viso imbambolato fa capolino un violino discreto.

Scena 59. Circo Massimo. Esterno. Alba.

Il violino stanco fa breccia qui, senza essere invadente.

Roma, ancora una volta. La sua alba non stanca mai. Jep cammina lungo il prato del Circo Massimo. Guarda l'alba. È ubriaco. E ha addosso quella gioia effimera, insensata, di quando si è ubriachi. Prende il pacchetto delle sigarette, ma si rende conto che le ha finite.

Scena 60. Bar tabacchi notturno. Interno. Alba.

Il violino stanco sfiora l'indimenticabile, meravigliosa, disperata fauna umana che può popolare un bar tabacchi aperto di notte a Roma.

C'è un punk tossico al bancone che sorseggia un gin. Indossa una canottiera sulla quale è scritto "Punk is not dead". S'illude, o forse ha ragione lui.

C'è una finta zingara con la figlioletta appesa sulla spalla.

C'è un magnaccia e una sua protetta, stanchi come dopo una partita di pallone. Hanno chiesto due Fanta a un barista che somiglia a Elvis Presley.

C'è un tizio che è sceso da casa in pigiama estivo coi calzoncini corti.

C'è un poliziotto che ha chiesto sei pacchetti di Multifilter.

C'è un padre con un figlio, entrambi in leggero ritardo di apprendimento, che se ne stanno chini come orologiai frenetici su dei "gratta e vinci".

C'è un bulletto con un amico. Danno vita a risate improvvise, scosciate, scandalose.

C'è un vecchio alcolista che guarda con molta attenzione un televisore sospeso in aria che trasmette una gara di motocross.

C'è una signora distinta che si aggira tra i presenti proponendo con discrezione se hanno voglia di comprare dei deliziosi quadretti che lei fa all'uncinetto.

C'è un pazzo in un angolo che mormora cose tra sé.

Jep vede tutto questo scenario e poi, furtivo, si avvicina al pazzo che parla da solo. Jep tende l'orecchio. Cerca di catturare le sue parole, ma è impossibile. L'uomo parla a voce troppo bassa. Allora Jep si ritrae, si volta per andare via, dà le spalle al pazzo quando sente improvvisamente la sua voce nitida e rotonda.

PAZZO (F.C.): E chi si prende cura di te?

Jep si volta di scatto verso il pazzo, ma questi è di nuovo assente, come se non avesse mai parlato.

Scena 61. Casa Jep. Esterno. Mattino presto.

Jep esce sulla sua terrazza, così, giusto per godere dell'aria della mattina. Guarda il panorama. Si volta verso la terrazza del suo vicino e, con non poco stupore, leva il seguente scenario: sulla terrazza ci sono almeno dodici poliziotti in divisa e altrettanti in borghese. Chi chiacchiera, chi cerca cose nascoste tra le piante. Chi fa rapporto. Senza frenesia, però.

I poliziotti procedono con calma e in silenzio.

Jep, incredulo, si avvicina al muro divisorio e scorge, tra la folla di poliziotti, il suo vicino di casa, seduto, lo sguardo impassibile a terra, un impeccabile, spettacolare doppiopetto e delle pesanti manette ai polsi. Il vicino si accorge di Jep. Si avvicina al muro divisorio, dove c'è Jep, scortato da ben sei poliziotti.

Ora Jep e il vicino sono di fronte. Il vicino circondato da un nugolo di poliziotti.

Jep e l'uomo si guardano. Uno stranissimo, impercettibile moto di tenerezza attraversa entrambi. Ma è veramente una sensazione ai limiti dell'impalpabile.

VICINO: A essere sinceri, Catellani, da qualche anno, è un po' carente sui tessuti pettinati. Il miglior sarto di Roma, per me, resta Rebecchi.

JEP *(dopo una pausa, con un filo di voce)*: Ma chi è lei?

VICINO: Un uomo laborioso. Uno che, mentre lei trascorre il tempo a fare l'artista e a divertirsi con gli amici, fa andare avanti il paese. Io faccio andare avanti il paese. Ma molti non l'hanno ancora capito.

Ha detto questo senza astio, quasi con rassegnazione.

Poi, si apre in un sinistro sorriso. Anche Jep sorride, ma solo per compiacerlo.

Infine, il vicino si allontana, portato via dai poliziotti.

Scena 62. Ufficio Dadina. Interno. Giorno.

Serenamente disposti uno di fronte all'altro, alla scrivania, la tavola apparecchiata per metà in mezzo a giornali e portapenne, Jep e Dadina mangiano un minestrone riscaldato. E, come sempre, chiacchierano amabilmente.

JEP: Insomma, ti rendi conto? Il mio vicino di casa era Giulio Moneta, uno dei dieci latitanti più ricercati del pianeta. E io mai accorto di nulla. Questo dovrebbe farti capire che hai alle tue dipendenze il peggior giornalista del mondo.

DADINA: Lo so. Infatti, tu non sei un giornalista. Però che occasione buttata nel cesso. Avresti potuto intervistarlo.

JEP: Dadina, non rispondeva neanche quando gli dicevo buongiorno.

DADINA: Romano, lo hai più sentito?

JEP: Scomparso. Comprensibile. Via, ha chiuso con tutto e tutti.

DADINA: Mi sono sempre meravigliata che non fosse andato via prima da questa città.

JEP: Sì. Hai ragione.

Dadina scruta Jep. Lo conosce benissimo.

DADINA: Sei cambiato. Stai sempre a pensare. Ma non alle solite stronzate grazie alle quali ci facciamo due risate.

JEP: Forse dovrei fare come Romano. Non sono più adatto a questa città, a questa vita.

DADINA: Nessuno è adatto a un cazzo, Jep. Te lo dice la regina delle disadattate.

JEP: Sta morendo tutto quello che mi sta intorno. Cose e persone più giovani di me mi muoiono davanti. E io...

DADINA: E tu soffri e non capisci. Com'è il minestrone, Geppino?

JEP: Il minestrone è buono, ma tu com'è che mi hai chiamato Geppino? Nessuno mi chiama più Geppino da secoli.

DADINA: Perché un amico, ogni tanto, ha il dovere di far sentire l'altro amico come quando era bambino.

JEP: E io, come posso fare a farti sentire una bambina?

DADINA *(ride)*: Ah! Con me non ce n'è bisogno. Io mi sento tutti i giorni una bambina. Da sessant'anni, ho il privilegio di guardare il mondo dalla loro altezza.

Jep sorride e annuisce.

DADINA: Appena finisci il minestrone, ho una notizia bomba da darti.

JEP: Sono curiosissimo. Facciamo finta che l'ho finito.

DADINA: Sai, Suor Maria, la missionaria africana, quella che chiamano la Santa?

JEP: Certo che lo so. Sta per venire a Roma, le devono dare non so quale onorificenza importante.

DADINA: Esatto. Lei in tutta la vita ha concesso solo tre interviste. E ora la intervisterai tu.

JEP *(ridacchia)*: Sì, vedi alla voce Giulio Moneta.

DADINA: Eh no! Qua è diverso. La Santa, da ragazza, ha studiato in Italia, parla l'italiano e, quando uscì, lesse e amò il tuo romanzo. Vuole conoscerti. E io ho già organizzato una cena a casa tua dopodomani. Con lei, i nostri amici e il cardinale Bellucci che mi ha implorato di essere invitato. Ho fatto bene?

JEP *(sorride)*: Hai fatto benissimo.

DADINA: Fantastico! Allora, oggi ti sbrighi l'intervista con quel pallone gonfiato di Bracco e da domani ci concentriamo sulla Santa.

Scena 63. Grande salone antico. Interno. Giorno.

La funerea grandezza della musica sacra composta da John Tavener: *Funeral Ikos*.

Un maestoso, antico salone, pieno di decori e fregi dorati. È giorno, ma gli scuri sono chiusi. Dappertutto, regna la luce sinistra procurata dalle candele. Sparsi ovunque nella grande sala ci sono poltrone, sedute e divani antichi. Sono tutti occupati, in un religioso silenzio, perlopiù da donne tra i quaranta e i settanta, ma non mancano gli uomini, i ragazzi e le ragazze.

Immobili. Nessuno parla. Tutti sembrano sospesi e imbalsamati, nell'attesa di un loro indecifrabile turno.

In fondo al salone, subissate dalla penombra delle candele, ci sono cinque infermiere in camici bianchi e un uomo magro e autorevole, sulla cinquantina, portati molto bene. Indossa un camice da medico su una tuta.

Ha occhi svegli e radiosi, e un fare mellifluo e capzioso. Si chiama Alfio Bracco.

Dietro di lui, defilato, su uno sgabellino, Jep Gambardella se ne sta in attesa col suo taccuino e la biro. Ogni tanto segna un appunto.

Alfio Bracco, lo andiamo a vedere meglio, è fermo su una sedia. Di fronte a lui c'è un'altra sedia. Un'infermiera gli porta una donna sulla cinquantina. Alfio, con un sorriso e un cenno ieratico, la invita a sedere di fronte a lui. Un'altra infermiera porge prontamente a Bracco una siringa con del liquido.

Alfio e la donna parlano a bassa voce, come in un cerimoniale religioso, e infatti la musica che sovrintende a tutta la scena è una musica a tema religioso.

Alfio Bracco sussurra con fare da guru alla donna.

ALFIO BRACCO: I tuoi desideri, amore?

DONNA *(imbarazzata, sussurra)*: Pensavo intorno agli occhi, Alfio.

ALFIO BRACCO: Pensavi bene, amore. Ce n'è necessità. Come stai?

E mentre parla, le sta già praticando un'iniezioncina di botox intorno agli occhi. Termina, allunga l'iniezione nel vuoto, ma c'è già prontissima un'infermiera a prendere la siringa e a porgergliene una nuova. Gliela inietta, mentre chiacchierano amabili.

DONNA: Benissimo. Sono appena tornata dall'India. Ho avuto una dissenteria fantastica. Vieni alla festa per il mio divorzio? Ci stanno le ballerine di burlesque sugli elefanti.

ALFIO BRACCO: Certo che ci vengo. Cosa vorresti per regalo?

DONNA: Ma io avrei un unico desiderio: che finissero tutte le guerre in Medio Oriente.

La donna si allontana, viene immediatamente presa in consegna da un'infermiera col Pos in mano. Inizia, in disparte, la fase pagamento con carta di credito.

INFERMIERA *(a voce bassissima)*: Sono settecento. Fattura o ricevuta?

Mentre Bracco ha già di fronte un'altra donna, piuttosto anziana. È avvolgente e rapido, Bracco, una vera catena di montaggio. Si sussurrano.

ALFIO BRACCO: Dimmi tutto, amore.

DONNA ANZIANA: Forse la bocca, pensavo, ho un po' paura, non l'ho mai fatto, professore.

ALFIO BRACCO *(mentre inietta ai lati della bocca)*: Non mi chiamare professore. Chiamami amico o amore. Abbiamo tutti bisogno d'amore. E io sono un veicolo che porta amore. Di che segno sei, donna intensissima?

DONNA ANZIANA: Acquario.

ALFIO BRACCO: Stavo per dirlo io. Tu volevi tornare trent'anni addietro. Io ti ci ho appena portata.

Ha terminato l'iniezione. Accarezza la guancia della vecchia, le fa un cenno che è un congedo. La signora viene presa in consegna per il pagamento. A ripetizione, come in un precipitare di parole, sussurri e iniezioni.

Alfio, pronto con la siringa, a una ragazza molto giovane.

RAGAZZA: In verità il mio fidanzato dice che non ne avrei bisogno.

ALFIO BRACCO: Ma certo che ne hai bisogno, amore. Tutti ne abbiamo bisogno. *(Inietta.)* È che l'amore del tuo partner lo acceca e non gli consente di vedere le cose come stanno. Ecco, ora ti ho rimessa al mondo.

E poi fa siringhe a un uomo, a un'altra donna già molto ritoccata, a un ragazzo. Tutto in un susseguirsi morbido ma veloce.

Poco distante, a intervalli regolari, la cantilena dell'infermiera addetta alla riscossione: "Settecento, settecento". Ogni iniezione, settecento euro, fattura o ricevuta?

Jep osserva tutto, attraversato da un moto di tristezza. Poi, Jep ha un vero e proprio sgomento misto a stupore quando vede seduta di fronte a Bracco una suora. Bracco, invece, non si scompone neanche un istante.

SUORA: Professore, io sarei qui per l'iperidrosi.

BRACCO: Dove alligna questa brutta sudorazione, sorella?

SUORA: Sulle mani.

Bracco le fa le iniezioni di botox sulle mani, mentre dice:

BRACCO: Si ricordi di pregare per me, sorella.

SUORA: Lei non ne ha bisogno, professore.

BRACCO *(sorride)*: Dice così perché lei non conosce l'entità della pressione fiscale sul mio imponibile.

Scena 64. Altro salone antico. Interno. Giorno.

Senza soluzione di continuità, come se fosse la stessa scena, la musica sacra arriva qui.

Siamo in un altro salone, molto simile a quello precedente. Luci basse di antichi lampadari sibilano un mistero. Quella stessa suora di prima ora è qui, non ha le mani sudate e, per questa ragione, può prendere la mano raggrinzita di un'altra donna, inginocchiarsi e baciarla con totale devozione.

La suora si allontana, la mdp risale da quella mano raggrinzita alla donna: si tratta, senza ombra di dubbio, della Santa.

Guardiamola bene. La Santa ha tra gli ottanta e i novant'anni. È alta giusto qualche centimetro in più di Dadina. Ha rughe sul viso che sembrano ferite. Occhi neri incavati e lucidi. Nessun dente. Magra ai limiti del rachitismo, non pesa più di trentacinque chili. Il velo bianco sul capo. Mani piccole e sottili come radici di gerani. Anch'esse distrutte dalla fatica e dalla vecchiaia, ma soprattutto, emana, nel suo complesso, luce, carisma e forza inauditi. Tutte facoltà che le vengono ampiamente riconosciute dal parterre presente nel grande salone.

Tre, quattro privilegiatissimi fotografi sono stati ammessi all'evento. Scattano tutti a distanza, con somma discrezione, con le custodie che attutiscono il rumore delle macchine fotografiche.

Crocerossine, suore di vari ordini, preti, vescovi, cardinali, ortodossi ed esponenti di tutte le religioni sono tutti lì, compunti, tremanti, emozionati, ammutoliti dalla presenza di questa piccola donna immobile su una sedia pomposa di velluto rosso, così sontuosa e sproporzionata da impedirle di far toccare terra ai suoi piedi avvolti in sandali da poche lire. Piedi che si ritrovano, dunque, sospesi nel vuoto, come quelli di una bambina.

In processione, uno alla volta, uomini e donne, carichi di autentica commozione si avvicinano e baciano la mano a questo monumento della carità e della bontà. Il cardinale Bellucci, sebbene in estasi, non esita a esibire la sua vanità a un suo collega a fianco.

CARDINALE BELLUCCI: Stasera avrò l'onore di cenare con lei.

ALTRO CARDINALE: Dal Santo Padre?

CARDINALE BELLUCCI: No, da Jep Gambardella.

Scena 65. Casa Jep. Interno. Tramonto.

In cucina. La porta del frigorifero aperta. Sullo scomparto in alto, una fila di birre.

Dal basso, entra ed esce di campo, a intermittenza, per istanti, una mano che, invano, cerca di afferrare la birra. Ma non ci arriva, la mano. È troppo bassa.

Entra in campo Ahè. Senza proferire verbo, prende la birra e l'allunga a Dadina. Era lei che saltava senza successo per ottenere la birra.

DADINA: Grazie Ahè.

Ahè torna ai fornelli. Dadina si allontana dalla cucina con la birra in mano.

Stacco

In terrazza. È appena iniziato un bel tramonto.

Jep se ne sta comodamente sul divano a sorseggiare un gin tonic. Come una ragazza, Dadina approda con la lattina di birra attaccata alla bocca.

JEP: Sebastiano, dov'è?

DADINA: A Merano, a digiunare da Chenot, ha già perso tre chili. Che hai fatto preparare?

JEP: Carbonara e rollè di vitello.

DADINA: 'Na roba leggera! La Santa pesa undici chili. E se è vegetariana?

JEP: C'è la fantastica pizza di scarola che ha fatto Ahè.

Dadina sta per ribattere quando le squilla il cellulare. Risponde e ascolta.

DADINA: Pronto... sì... sì... sì... no... ok... ciao.

Chiude il cellulare e urla incazzata come una iena.

DADINA: Ma porca puttana di una troia infame!

JEP: Che è successo?

DADINA: Era l'assistente della Santa. La Santa ci terrebbe tantissimo che venissero a cena anche i conti Odescalchi, che l'hanno trattata come una sorella quando lei ha vissuto in Italia. A quest'ora se ne ricorda!? Un'ora prima di cena! Io mo' dove cazzo li trovo i conti Odescalchi. Tu li conosci?

JEP: Certo che li conosco. Ma non stanno a Roma, oggi. Tutti i nobili che contano sono a Londra al matrimonio della pronipote di Filippo.

Ma Dadina s'illumina. Le è venuta un'idea.

DADINA: Aspetta, possiamo chiamare i Colonna di Reggio.

JEP: Ma chi? I nobili a noleggio? Ma non sono morti?

DADINA: Ma quali morti! Quelli sono immortali. I Colonna di Reggio andranno benissimo.

JEP: Ma non sono gli Odescalchi!

DADINA: Ma la Santa non se ne accorgerà. Non li vede da settant'anni. I Colonna sono veri nobili e i nobili si assomigliano tutti tra loro. Li chiamo subito.

Scena 66. Casa Colonna. Interno. Tramonto.

I Colonna di Reggio vivono in una monocamera buia posta al di sotto del livello della strada. Ci sono, in alto, dei brutti finestroni che danno direttamente sulle gomme delle automobili parcheggiate. Vivono in miseria, in questo locale modestissimo che ospita tutto alla meglio: una vecchia cucina, un divano sfondato con una vecchia tv e il letto matrimoniale.

Hanno ottant'anni, sono magri, alti e con le facce da veri nobili. Stanno guardando la tv e, a dispetto della miseria che li circonda, sono di un'eleganza perfetta e commovente. Lui in smoking, lei in abito da sera, mentre guardano appassionatamente in tv *Paperissima estate*.

È in quel mentre che arriva la telefonata di Dadina.Il telefono squilla e il conte risponde. La moglie guarda con un mesto filo di speranza il conte.

CONTE COLONNA: Parla il conte Colonna... sì, siamo disponibili... per stasera? Preavviso breve che prevede un lieve sovrapprezzo... noi prendiamo 250 euro ciascuno a serata, esclusa un'auto a noleggio alla quale vi pregheremmo di voler provvedere... sì, l'auto può venire a prenderci a palazzo Colonna di Reggio...

La contessa e il conte, durante la telefonata, si guardano e si sorridono. Hanno un ingaggio. Lui è molto contento. Lei sfoggia un sorriso triste.

CONTE COLONNA: Sì... No... non saprei. Beh, questo sarebbe un po' offensivo per noi. Noi ci lasciamo noleggiare volentieri in quanto Colonna di Reggio, ma spacciarci per gli Odescalchi, non lo so, ci siamo combattuti per due secoli, mi sembra immorale, mi lasci parlare un attimo con mia moglie Elisabetta.

Ma la contessa Elisabetta annuisce come se fosse ineluttabile.

CONTE COLONNA: Va bene direttrice, per questa volta ci presteremo al giuoco, ma sarebbe cosa gradita se lei ci riconoscesse un ulteriore obolo.

Scena 67. Casa Jep. Terrazza. Esterno. Sera.

Clima temperato e cena amabile sulla terrazza di Jep. A tavola siedono Jep, Dadina, Lello Cava, Trumeau, a capotavola il cardinale Bellucci, poi c'è l'assistente della Santa, che è un prete di un metro e novanta della stessa magrezza e carnagione del palo del semaforo, uno di quelli che ha l'aria di parlare correntemente almeno undici lingue, e infine c'è la Santa, che siede in mezzo ai conti Colonna di Reggio.

La Santa, con le sue due mani nodose, come una bambina indifesa, tiene strette le mani sia del conte che della contessa, mentre il cardinale Bellucci si sta esibendo, ilare e implacabile, nel suo show preferito.

CARDINALE BELLUCCI: Tagliate almeno dodici pezzi di coniglio. A parte reni, fegato e testa. Rosolate. Vi raccomando timo, alloro e rosmarino. Poi vino rosso, olive taggiasche, pinoli.

TRUMEAU: Io di solito ci aggiungo anche il fegato.

CARDINALE BELLUCCI: Scuole di pensiero, signora. Comunque, aggiungere brodo di cottura e, dopo un'ora, ecco il coniglio alla ligure.

Durante l'estenuante elenco della ricetta, Jep ha osservato la Santa, completamente avulsa dalla conversazione, e poi l'attenzione di Jep è stata via via catturata da quella malinconia congenita, assoluta, che attraversa il volto della contessa Colonna. Beve molto la contessa, ma è come se il vino le moltiplicasse solo questa faccia affranta, ai limiti dello sconforto.

Lello, per tutta la cena, invece, getta occhiate di grande curiosità al cardinale. Una curiosità che pare divorarlo. Dadina, invece, appare tesa, nervosa.

DADINA *(rivolta alla Santa)*: Suor Maria, in quale convento alloggia in questi giorni?

Ma la Santa è come assente o come se non avesse sentito, d'altronde è tanto anziana. Per cui, interviene in soccorso il segaligno assistente, in un italiano appena contaminato da un accento tedesco.

ASSISTENTE SANTA: In realtà... in realtà stiamo dormendo all'hotel Hassler, a Trinità dei Monti.

TRUMEAU: Bello. Bella vista.

ASSISTENTE SANTA: In verità, Suor Maria lo trova scomodo.

LELLO CAVA: È la prima volta che sento che l'Hassler è scomodo.

ASSISTENTE SANTA *(sorride)*: No. Voglio dire, il letto è scomodo. Cioè, è comodissimo, ma Suor Maria non è abituata a dormire in un letto, lei dorme sempre a terra, in un giaciglio di cartone, per cui il letto le risulta scomodo.

JEP: E avete programmi per i prossimi giorni?

ASSISTENTE SANTA: Naturalmente Suor Maria percorrerà in ginocchio la Scala Santa di San Giovanni. Lei l'ha mai fatta?

JEP: Mi sarebbe sempre piaciuto. Ma io purtroppo ho un menisco molto malandato.

ASSISTENTE SANTA *(senza tono di rimprovero)*: I problemi ortopedici dovrebbero essere trascurabili rispetto alla prospettiva dell'indulgenza parziale che garantisce la Scala.

Il cardinale Bellucci boccheggia a causa dell'improvviso deficit di attenzione nei suoi confronti. Prova un goffo rientro.

CARDINALE BELLUCCI: Vero. Bene, un'altra mia specialità sarebbe l'agnello allo zenzero. Dunque, si prende...

Lello Cava lo interrompe senza mezzi termini. Sono tutti interessati alla Santa. Bellucci ci rimane malissimo, ma abbozza.

LELLO CAVA: E Suor Maria lavora ancora con i malati?

La Santa è sempre come assente. Si limita a guardare nel vuoto, come una donnina piccola e indifesa, tenendo strette le mani dei due nobili. L'assistente fa le sue veci.

ASSISTENTE SANTA: Ventidue ore al giorno. Tutti i giorni. Li lava, li dà a mangiare. Dovreste vederla, nonostante l'età, non cammina, corre. Dorme solo due ore a notte. È inesauribile. Ora è stanca, ma proprio perché non sta con i suoi malati.

Jep segue tutto con attenzione. Il cardinale si accende una sigaretta. Si sta annoiando. Butta un occhio al panorama. Dadina, in apprensione, chiede ciò che le sta a cuore.

DADINA: Per quanto riguarda l'intervista di Suor Maria con Jep, avete un'idea di quando potrebbe farvi comodo e dove vorreste farla?

Ma l'assistente della Santa casca dalle nuvole. Gentile, si oppone.

ASSISTENTE SANTA: Intervista?? No, dev'esserci stato un fraintendimento. Suor Maria non concede interviste dal '71. Da quando fu frainteso, da parte di alcuni, il significato della sua missione in Ciad.

DADINA *(tesa)*: Sì, capisco, ma è diverso, ecco, vista la stima che lega Suor Maria al lavoro di Jep... me l'ha detto lei che ha molto apprezzato *L'apparato umano*, giusto?

ASSISTENTE SANTA: Certamente. Risponde ad assoluta verità. L'ha trovato bello e feroce. Come è il mondo degli uomini.

DADINA: Bene. E comunque non ci sarebbe il rischio di fraintendimenti. Suor Maria potrà controllare il testo e chiedere qualsiasi modifica desidera.

L'assistente scuote la testa in segno di diniego.

ASSISTENTE SANTA: No, no, no, mi dispiace, davvero, non vorrei che involontariamente siano state alimentate false speranze, ma è esclusa qualsiasi intervista. Assolutamente.

Ma a questo punto, sebbene contenuta, Dadina si altera e dice all'assistente della Santa.

DADINA: Mi scusi, ma perché risponde sempre lei al suo posto? Lasci parlare Suor Maria, no!?

Cala il silenzio. L'assistente annuisce mansueto, come a dire: "Giusto, che parli lei". Tutti gli occhi precipitano sulla Santa. Finanche il cardinale si ridesta e attende le parole di Suor Maria.

Lei, la Santa, stringe un po' di più le mani dei suoi "amici" nobili e, all'improvviso, abbandona il suo sguardo nel vuoto per penetrare profondamente, con una forza strabiliante dello sguardo, gli occhi di Dadina.

Finalmente, parla, sfoderando un perfetto ricordo della lingua italiana.

SANTA: Signora, io ho sposato la povertà. E la povertà non si racconta, si vive.

Silenzio. Dadina è delusa. Si finisce un whisky con ghiaccio. Jep fissa la Santa. L'assistente della Santa sorride di nascosto. Il cardinale Bellucci tromboneggia, come un cattivo attore.

CARDINALE BELLUCCI: Che parole vere, giuste e potenti!

Dadina guarda un po' schifata il cardinale. La Santa dice qualcosa all'orecchio della contessa Colonna. Questa si alza in piedi e, tenendo la mano della Santa, l'aiuta ad alzarsi. Le due donne fanno per lasciare il tavolo. Jep scatta gentile.

JEP: Serve qualcosa?

La contessa, tra le labbra, sussurra, riferendosi alla Santa:

CONTESSA: Deve andare in bagno.
JEP: Prego. La seconda porta a destra.

La contessa e la Santa rientrano in casa. L'assistente della Santa comunica ai presenti:

ASSISTENTE SANTA: Il cambio d'alimentazione non le ha giovato. Giù in Mali, Suor Maria mangia solo quaranta grammi di radici di piante al giorno.

Il cardinale Bellucci si butta a pesce.

CARDINALE BELLUCCI: Anche io, la sera, alle volte, per stare leggero, preparo delle splendide radici amare al limone. Dunque, prendete una bacinella d'acqua, aggiungete il succo di mezzo limone, poi raschiate le radici con un coltello, tagliatele a tocchetti ...

Jep, quasi innervosito, lo interrompe.

JEP: Sa una cosa, cardinale? Quando l'ho conosciuta, a quel matrimonio, volevo porle tante domande che mi stanno a cuore. Domande sulla fede, sul significato profondo della spiritualità. Poi lei si è distratto...

CARDINALE BELLUCCI: Può sempre farmele adesso.

JEP: No, adesso non ha più senso.

CARDINALE BELLUCCI: Perché?

JEP: Perché sarebbe molto deludente, per me, scoprire che lei non possiede nessuna risposta.

È estate, ma è calato il gelo e una dissolvenza al nero.

Scena 68. Palazzo Jep. Esterno. Notte.

Terminata la cena, il gruppo di invitati si ritrova all'esterno del palazzo di Jep. Ad eccezione del cardinale e dell'assistente della Santa, tutti sono abbastanza alticci. Il cardinale Bellucci, risentito e ombroso, s'infila in un'auto con autista e si accommiata senza neanche salutare. Dadina sottolinea:

DADINA: Si è offeso il cardinale.

L'auto del cardinale sta per partire. Lello fissa il cardinale e non resiste. Si catapulta di corsa verso la sua auto, che si ferma. Lello si abbassa vicino al finestrino. Il cardinale fa scorrere il vetro verso il basso. Con aria infastidita e superba attende che Lello chieda quel che ha da chiedere. Lello deglutisce, si fa coraggio. Per la prima volta da quando lo conosciamo è timoroso, imbarazzato, a disagio, sfiora la paura. Poi balbetta:

LELLO CAVA: Cardinale, chiedo scusa per la mia impertinenza, ma è vero che lei, anni fa, era un esorcista?

Il cardinale Bellucci non si scompone di un millimetro. Si limita a guardare Jep, lasciando che affiori sulle sue labbra un sorriso demoniaco. Poi chiosa:

CARDINALE BELLUCCI: Potrei raccontarle la ricetta della frittata. Ma non lo farò. Perché lei l'ha appena fatta, la frittata.

Lello dilata gli occhi. Nel panico. Bellucci sorride un po' più da demonio e poi, con le lunghe dita, elargisce a Lello il segno della benedizione. L'auto si allontana. Lello resta impalato, tra lo stordimento e il terrore del futuro. La voce trafelata dell'assistente della Santa ha però il potere di distrarlo:

ASSISTENTE SANTA *(alla contessa Colonna)*: Dov'è Suor Maria?

CONTESSA COLONNA: Non lo so, pensavo stesse con lei.

ASSISTENTE SANTA: No, stava con lei.

CONTESSA COLONNA: Prima. Poi si è avvicinata a lei.

CONTE COLONNA: A me è parso di vederla scendere in ascensore prima di noi altri.

Prende a serpeggiare una certa tensione.

ASSISTENTE SANTA: Questo è da lei. Ma se è così, dovrebbe stare qui.

LELLO CAVA: Conte, ma non è che l'ha confusa co' Dadina? So' simili di statura.

CONTE COLONNA: Ma no. Era Suor Maria. Noi andiamo, arrivederci e grazie.

La contessa e il conte s'infilano nell'auto a noleggio. L'assistente della Santa sta già perdendo la testa. Si aggira per la strada, gridando.

ASSISTENTE SANTA: Suor Maria! Suor Maria!

Dadina fa lo stesso e anche Lello e Trumeau partono alla ricerca della Santa scomparsa. Tutti si muovono in modo insensato e chiamano a voce alta Suor Maria. Lello sbaglia e urla:

LELLO CAVA: Santa! Santa!

TRUMEAU: Ma che dici? Che Santa e Santa! Si chiama Suor Maria.

Camminano in giro, ma nessuna traccia della Santa.

LELLO CAVA: Ma arò s'è cacciata 'sta stronza?

A queste parole, Trumeau e Dadina ridono.

Scena 69. Casa Jep. Interno. Notte.

Jep, stanco e assorto, è nella sua camera da letto, illuminata solo dalla luna esterna. Si toglie la camicia e la butta distrattamente a terra. Ma, con la coda dell'occhio, percepisce qualcosa di strano, come se la camicia, in seguito, si fosse mossa da sola. Allora, nella penombra, va a raccogliere la camicia da terra e, sotto la camicia, da non crederci, c'è la Santa raggomitolata a terra che dorme. Jep si produce in un urlo di paura impressionante che per poco non gli procura un infarto. La Santa se ne sta pacifica a dormire a terra. Jep ansima per la paura. Lentamente, cerca di calmarsi. Imbarazzato, chiama la donna:

JEP: Suor Maria, Suor Maria.

Ma lei non lo sente. Dorme due ore a notte, e in quelle due ore ha il sonno pesante.

Scena 70. Auto nobili. Interno. Notte.

Nell'auto a noleggio, sul sedile posteriore, siedono la contessa e il conte. Lei sempre triste, lui contento.

CONTE: Questi cinquecentocinquanta euro arrivano proprio al momento giusto.

Lei annuisce mesta.

CONTE: Ed è stata pure una bella serata, vero Elisabetta?

CONTESSA: Sono altre le belle serate, Alceste.

E, ancor più triste, prende a guardare fuori dal finestrino, dove sfilano magnifiche case sul lungotevere.

Scena 71. Palazzo Colonna di Reggio. Esterno. Notte.

L'auto a noleggio lascia i nobili "a noleggio" davanti a

uno splendido palazzo nobiliare con tanto di stemma. La contessa non può fare a meno di guardare con nostalgia quello stemma. Il conte se ne accorge e cerca di distrarla. La prende dolcemente per un braccio.

CONTE: Vieni Elisabetta, andiamo a dormire.

E il conte infila le chiavi in una porticina che conduce al loro loculo.

CONTESSA ELISABETTA: Avviati tu. Io vado un attimo su.

Il conte scuote la testa sconsolato e poi, rassegnato, le dice con affetto:

CONTE: Non fare tardi.

Il conte scompare dietro quella porticina. Elisabetta bussa al videocitofono del grande, antico portone del palazzo nobiliare.

Scena 72. Museo del Palazzo Colonna di Reggio. Interno. Notte.

La portineria di un museo. Un guardiano notturno di sessant'anni, con gli occhi di sonno, va incontro a Elisabetta che se ne sta immobile dinanzi al vetro della portineria. Il guardiano le si avvicina e la rimprovera bonariamente.

GUARDIANO: Contessa, questa storia deve finire. Io rischio di perdere il posto per farla entrare qui di notte.

Elisabetta non dice una parola, rovista nella borsetta, tira fuori venti euro, glieli allunga. Il guardiano li prende. Ma è ancora incerto. Le dice quasi con affetto:

GUARDIANO: Contessa, questo è un museo. Non è più casa sua.

Lei, fiera e un tantino sprezzante, sibila al guardiano:

CONTESSA ELISABETTA: Questa sarà sempre casa mia.

Taglio

La contessa Elisabetta avanza da sola lungo grandi stanze, le une dentro le altre. Siamo in una vera reggia e lo splendore degli arredi ottocenteschi è da vertigine. È talmente prezioso ciò che alberga in queste stanze che esse sono protette da vetri divisori e i visitatori possono camminare da un lato, al di là dei vetri. È quello che fa Elisabetta, la quale giunge a una meravigliosa camera da letto, che può contemplare solo attraverso il vetro divisorio.

Elisabetta estrae dalla borsetta un euro, lo infila in una gettoniera, afferra uno di quei citofoni nei quali una voce registrata spiega la storia del luogo.

Elisabetta inizia a sentire ciò che conosce meglio di chiunque altro: la storia di se stessa e della sua famiglia.

VOCE REGISTRATA CITOFONO: In questa stanza, nel 1930, la principessa Antonietta diede alla luce la sua unica figlia, Elisabetta Colonna di Reggio. La principessa morì a seguito del parto. La piccola Elisabetta trascorse in queste lussuose stanze un'infanzia felice e spensierata. Ma pochi anni dopo, le difficoltà economiche costrinsero il principe Erminio Colonna di Reggio alla vendita del palazzo.

Il viso incollato al vetro divisorio, Elisabetta ha gli occhi lucidi.

Scena 73. Casa Jep. Terrazza. Esterno. Alba.

Un grande silenzio in mezzo ai flaccidi rossori del primissimo sole.

Sulla punta di una sedia, lo sguardo perduto a terra, la Santa sorseggia una tisana. Più defilato, su una seggiola, affogato in un muro di gelsomini in fiore, l'assistente della Santa, con un indecifrabile sorriso sul viso, sorseggia un tè.

In terrazza, approda Jep, con una tazzina di caffè e il cucchiaino che gira producendo un sonoro tintinnio. Questo rumore inopportuno fa scattare l'assistente che intima a Jep:

ASSISTENTE SANTA: Ssshh!

Jep si blocca. Guarda l'assistente. Questi fa un cenno col volto a Jep come a dire: guarda in quella direzione. Allora Jep volta lo sguardo verso destra e resta senza parole.

Sui davanzali della terrazza, occupati in ogni centimetro disponibile, sono appollaiati, fermi, silenziosi, quasi dormienti, qualcosa come duemila fenicotteri. Uno di questi grandi uccelli muove giusto una palpebra, per ricordarci che sono vivi e che non siamo in un quadro impressionista.

Jep è senza parole.

La Santa guarda anche lei quella folla di uccelli, ma lei è priva di espressione. Sembra, come sempre, stanca, assente, a un passo dalla morte.

L'assistente della Santa, come a fare una rivelazione, sussurra a Jep:

ASSISTENTE SANTA: Migrano a ovest, ma ora, riposano.

Jep annuisce imbambolato e, sempre attonito, compie qualche passo, trovandosi a fianco alla Santa.

In un silenzio sospeso, contro le luci dell'alba, Jep e la Santa guardano gli uccelli fermi e bellissimi. Finché la Santa dice in tono monocorde e con un filo di voce:

SANTA: Lo sa che io conosco i nomi di battesimo di tutti questi uccelli?

L'assistente, a queste parole, annuisce convinto. Jep dissimula a malapena il pensiero che gli attraversa il viso: la Santa non ci sta con la testa.

Ancora silenzio. Gli uccelli fermi, assopiti.

Poi, del tutto inatteso.

SANTA: Perché non ha mai più scritto un libro?

Jep riflette. Questa volta non prende la questione sottogamba. Non fugge l'imbarazzo. E azzarda sincero, senza nessuna emozione.

JEP: Cercavo la grande bellezza, ma non l'ho trovata.

La Santa non reagisce a questa frase. È di nuovo lontana col pensiero. Perduta nella lentezza mentale della vecchiaia.

Jep si accende la prima sigaretta dopo il caffè. L'assistente ha sentito lo scambio di battute ma, discreto, tace e guarda altrove. Dopo un tempo lunghissimo, la Santa si rivolge di nuovo a Jep.

SANTA: Sa perché mangio solo radici?

Jep, paziente, si volta. Guarda la Santa. Lei distoglie lo sguardo dal vuoto e prende a guardare Jep. Jep lo subisce questo sguardo, perché è uno sguardo non comune. Perché è davvero lo sguardo di una che diventerà una santa, potrebbe pensare Jep.

Ora, la Santa, senza nessun dente in bocca, solo gengive da esporre, appronta addirittura un sorriso a Jep.

JEP: No. Perché?
SANTA: Perché le radici sono importanti.

Jep la guarda. Lei, di colpo, senza motivo, dismette questo strano sorriso a tutta gengiva, volta gli occhi agli uccelli e, semplicemente, si limita a soffiare debolmente.

Fuori campo, un istante dopo il soffio, come un dolce uragano, si sente un grande rumore collettivo.

Jep si volta a guardare. Gli uccelli sono volati tutti via, in un baleno. Ora sono lì, in cielo, a stormo, lontani, i fenicotteri, in viaggio verso ovest.

È sull'immagine degli uccelli lontani nel cielo limpido che comincia la straordinaria *The Lamb*, di John Tavener.

Con la musica sacra, Roma sta per svegliarsi, proprio quando tutto sta finendo.

Scena 74. Fontana di Trevi. Esterno. Mattino presto.

La musica sacra agguanta la bellezza marmorea della fontana di Trevi, in regale solitudine.

C'è qualcosa d'inedito però. L'acqua, a quest'ora, non scende a cascata e quella che ristagna è di un azzurro da cartolina. Qui, nel mezzo dell'acqua, visto di spalle, c'è una sorta di essere umano, grasso, vestito con stivaloni ascellari e una casacca bisunta. Come un Don Chisciotte ingrassato impugna un bastone che affonda nell'acqua, con un retino da lui progettato e costruito. Avanza piano, ma non per rispetto, bensì per riuscire a raccattare le monetine.

Due, esattamente due turisti giapponesi seduti sugli scalini, scattano qualche fotografia.

Il cercatore di monetine si gira e adesso lo vediamo in faccia. È una faccia enorme, tonda, bruciata dal sole cattivo che non perdona i barboni. La faccia di un uomo ritardato e per questo sereno. Sorride, mostrando i denti dipinti di un celeste acceso.

Scena 75. Ponte sul Tevere / lungotevere. Esterno. Mattino presto.

La musica sacra arriva qui. Aulica e bellissima. Lentamente, s'innalza.

Un uomo sulla sessantina, in costume da bagno, tira un lungo respiro e poi spicca un salto. Venti metri nel vuoto e arriva indenne nell'acqua del Tevere.

Un gruppetto di spettatori gli tributa un caldo applauso.

Sul lungotevere, uno scooter guidato da una giovane madre e, sul sedile posteriore, un bambino di nove anni. Il bambino ha visto l'uomo tuffarsi nel Tevere ed è felice di averlo visto. Ride. La madre non si è accorta di nulla. Lo scooter si allontana.

Scena 76. Traghetto. Esterno. Giorno.

La musica sacra accarezza il profilo di Jep in primo piano. Dietro di lui, il mare vero e il vento nei capelli. È su un'altra terrazza, quella di un traghetto. Fuma e guarda dinanzi a sé. Con i suoi occhi blu dello stesso colore dell'acqua. Lì in fondo, non lontano, s'intravede un piccolo porto.

Scena 77. San Giovanni. Scala Santa. Interno. Giorno.

Ancora la musica sacra, mentre la Santa, devastata dalla fatica, le ginocchia sul marmo dei gradini, con incalcolabile lentezza, sale la Scala Santa. È a metà del percorso.

Scena 78. Isola. Esterno. Giorno.

Arriva qui, questa musica dolce e indimenticabile.

Un mostro gigantesco e addormentato. È la Costa Concordia, sdraiata su un fianco al largo dell'isola del Giglio. Jep fissa quella nave colossale, immobile, morta, da un belvedere a picco sul mare infinito.

Senza espressione, la guarda a lungo.

Scena 79. San Giovanni. Scala Santa. Interno. Giorno.

Ferma, in ginocchio, sulla sommità della Scala Santa. Il respiro affaticato. Il volto sudato ed esausto, in primo piano. La Santa guarda a filo di macchina.

Scena 80. Isola. Esterno. Notte.

La musica sacra.

La Costa Concordia illuminata dalle luci di servizio brilla in mezzo al buio del mare.

Jep è sotto il faro del porto, che lo illumina a intermittenza. Abbassa lentamente lo sguardo dalla luce del faro in basso e, sotto il faro, c'è lei: Elisa De Santis, a vent'anni e l'indimenticabile bellezza dell'amore.

Intorno a lei, arrampicate sul muro del faro, cascate di bougainville. Lei lo guarda, con un sorriso che vorrebbe essere malizioso e invece è solo puro e fiducioso. Jep la guarda e ha occhi che forse potrebbero diventare lucidi.

Lei fa un passo indietro e sussurra:

ELISA: Adesso, voglio farti vedere una cosa.

È di una bellezza inesorabile e, lentamente, ma senza malizia, che ancora non conosce, con un'innocenza infinita, prende a sbottonarsi lentamente la camicetta.

Jep è in preda allo stupore indefinibile della prima volta. Una forma dello stupore che non proverà mai più.

Elisa è a spalle nude, come la *Fornarina* di Raffaello, illuminata per attimi dalle rapide sciabolate di luce del faro. Sorride a Jep. Anche il potere di questo sorriso, non si ripeterà mai più.

Guarda ancora un istante gli occhi puliti, trasparenti di Elisa. È emozionato.

Elisa compie qualche passo indietro, richiude la camicetta, si mette a sedere su una panchina sotto il faro. Guarda in basso. Schiva e distratta, come risucchiata dall'ombra della notte e delle bougainville.

Sembra svanita.

Allora Jep chiude gli occhi. Riflette a occhi chiusi. Pensa. Si sforza. La mdp si avvicina più che può ai suoi occhi, lentamente.

La musica, il coro, tutto si fa bellissimo.

Quando arriviamo al primissimo piano di Jep, i suoi occhi, inondati di blu, si riaprono, s'illuminano, come se avesse finalmente trovato un barlume d'idea e, infatti, parte la sua voce fuori campo. Pacata, distesa, serena:

V.F.C. JEP: Finisce sempre così. Con la morte. Prima, però, c'è stata la vita. Nascosta sotto il bla bla bla. È tutto sedimentato sotto il chiacchiericcio e il rumore. Il silenzio e il sentimento. L'emozione e la paura. Gli sparuti, incostanti sprazzi di bellezza.

E poi lo squallore disgraziato e l'uomo miserabile. Tutto sepolto dalla coperta dell'imbarazzo dello stare al mondo. Bla. Bla. Bla.

Altrove, c'è l'altrove. Io non mi occupo dell'altrove. Dunque, che questo romanzo abbia inizio.

In fondo, è solo un trucco. Sì, è solo un trucco.

Scena 81. Gianicolo. Esterno. Tramonto.

Le frecce tricolori sfondano un cielo biancastro. Lasciando nell'aria una scia rossa, bianca e verde. Gli aerei svaniscono nell'infinito in un baleno. Il loro boato, atroce e improvviso, spazza via la musica sacra.

Silenzio.

Poi, si sente un dolce fruscio e la si può vedere, la ragione del fruscio. È la neve, che sta cadendo morbidamente. La mdp panoramica in basso insieme a quest'orgia di fiocchi bianchi che cascano. Lattea, nel candore insolito, dal Gianicolo, puoi vedere tutta Roma. Compare una scritta:

LA GRANDE BELLEZZA

Laggiù, oltre Roma, al termine di una coltre di nuvole, il sole sta morendo.

Roma, ricoperta di neve, accade una volta ogni trent'anni, mentre scorrono i titoli di coda.

È finita.

Titoli già pubblicati

Andrea Camilleri, *Il cielo rubato. Dossier Renoir* (2 ed.)
Aldo Nove, *Si parla troppo di silenzio. Un incontro immaginario tra Edward Hopper e Raymond Carver*
Egon Schiele, *Diario dal carcere* (2 ed.)
Sigmund Freud, *Un ricordo d'infanzia di Leonardo da Vinci*
Juan Antonio Gaya Nuño, *La orripilante storia del teschio di Goya*
Simonetta Agnello Hornby, *Camera oscura*
Alberto Cavallari, *La Fuga di Tolstoj* (2 ed.)
Elisabeth Van Gogh, *Vincent, mio fratello*
Ludovico de Varthema, *Viaggio alla Mecca*
Andrea Camilleri, *La moneta di Akragas* (4 ed.)
Georges Perec, *Storia di un quadro*
Pietro C. Marani, *Le calze rosa di Salaì*
Marco Messeri, *Vita allegra di un genio sventurato*
Francesca Bonazzoli, *L'inganno della scimmia*
Émile Bernard, *Mi ricordo Cézanne*
Antonia Arslan, *Il libro di Mush* (2 ed.)
Andrea Camilleri, *Dentro il labirinto* (3 ed.)
Gaëlle Josse, *Le ore del silenzio*
Aldo Colonna, *Borgata Gordiani*
Hans Tuzzi, *Morte di un magnate americano*
Aldo Nove, *Mi chiamo...*
Max Frisch, *Guglielmo Tell per la scuola*

Finito di stampare nel mese di maggio 2013
a cura di Skira, Ginevra-Milano
Printed in Italy

www.skira.net